［日］

芥川龙之介

著

魏大海 主编

竹林中

广西师范大学出版社
·桂林·

图书在版编目（CIP）数据

竹林中 /（日）芥川龙之介著；魏大海主编. ——桂林：广西师范大学出版社，2022.5（2025.6重印）
ISBN 978-7-5598-4724-9

Ⅰ.①竹… Ⅱ.①芥… ②魏… Ⅲ.①短篇小说 – 小说集 – 日本 – 现代 Ⅳ.①I313.45

中国版本图书馆CIP数据核字（2022）第020037号

ZHULINZHONG
竹林中

作　　者：（日）芥川龙之介
主　　编：魏大海
责任编辑：谭宇墨凡
特约编辑：徐　露
装帧设计：汐　和　at compus studio
内文制作：陆　靓

广西师范大学出版社出版发行
　广西桂林市五里店路9号　邮政编码：541004
　网址：www.bbtpress.com
出版人：黄轩庄
全国新华书店经销
发行热线：010-64284815
河北鑫玉鸿程印刷有限公司印刷
开本：889mm×1260mm　1/64
印张：5.375　　　　字数：140千
2022年5月第1版　　2025年6月第8次印刷
ISBN 978-7-5598-4724-9
定价：39.00元

目录

杜子春

一

　　春天一个傍晚。

　　时值大唐年间，京城洛阳西门下，有个年轻后生仰望长空，正自出神。

　　那后生名叫杜子春，本是财主之子，如今家财荡尽，无以度日，景况堪怜。

　　且说当年洛阳乃是繁华至极、天下无双的都城，街上车水马龙，络绎不绝。夕阳西下，将城门照得油光锃亮。这当口，有位老者头戴纱帽，耳挂土耳其女式金耳环，牵一匹身配彩绦缰绳的白马，走动不休，那情景真是美得如画。

　　这杜子春，身子依旧靠在门洞墙上，只管呆

呆望着天。天空里，晚霞缥缈，一弯新月，淡如爪痕。

"天色已黑，肚中又饥，不论投奔哪里，看来都无人收留。——与其这样活着发愁，还不如投河算了，一了百了，或许更加痛快。"

杜子春独自一人一直这样胡思乱想，没个头绪。

这时，不知从哪儿走来一位独眼老人，忽然站在他面前。夕阳下，老人的身影大大地映在城门上，他目不转睛地瞧着杜子春。

"郎君在此想什么？"老人倨傲地问道。

"我吗？我在想，今晚无处栖身，正不知如何是好。"

老人问得突兀，杜子春不觉低眉顺眼，如实回答。

"是吗？可怜见儿的。"

老人沉吟片刻，指着照在大路上的夕阳说：

"待我教你个好法子吧。你即刻去站在夕阳下，直到影子映到地上，等到午夜时分，将影子的头部挖开，必有满满一车黄金可得。"

"当真？"

杜子春吃了一惊，抬起眼睛。更奇怪的是，那老人已不知去向，周围连个影儿都没有。只有天上的月亮比方才更白，还有两三只性急的蝙蝠在川流不息的行人头上飞来飞去。

二

杜子春一日之间，成了洛阳城内的首富。他照那老人的吩咐，记住夕阳下的投影，午夜时分挖开头部所在之处一看，果然有一堆黄金，多得一辆大车都装不下。

杜子春成了独一无二的大财主，当即买下一座豪宅，生活之奢华，不让玄宗皇帝分毫。饮兰陵美酒，食桂州龙眼，庭院里种着一日四变其色的牡丹花，还放养了几只白孔雀，把玩玉石古董，身着绫罗绸缎，造香车，做象牙椅……若要提起他说不完道不尽的奢侈，这故事只怕永无讲完之日了。

知道他发了迹，过去对面相逢不相认的亲友，现在晨昏趋奉，与日俱增。半年工夫，洛阳城里知名的才子佳人，没有没到过杜府的。杜子春日日与他们为伍，大张酒宴。那筵席之丰盛，实是一言难表。简单说来，杜子春一边持金樽饮西洋葡萄美酒，一边观看天竺魔术师表演吞刀之术，看得入迷；身旁有二十个美貌佳人，十人头戴翡翠做的莲花，另十人则戴玛瑙雕的牡丹，或吹弄管弦，或莺歌燕舞。

纵有天大的家私，少不得也有用尽之时。想那杜子春如此奢靡，过了一年两载，也渐渐空乏起来。正所谓人情薄如纸，昨日还时时趋奉的亲友，今日竟过门而不入。终于到了第三年春上，杜子春一如往昔，穷得身无分文。偌大的洛阳城，竟没有一处肯收留他。何止是收留，怕是连赏杯茶的人都没有。

却说一日傍晚，杜子春又来到洛阳西门，呆

呆地望着天，立在那里一筹莫展。这时，又像前次一样，那位独眼老人不知从何处现身出来。

"郎君在此想什么？"

杜子春一见老人，羞愧得只管低着头，半晌做不得声。老人和颜悦色，一再询问，杜子春便同上次一样，小心翼翼回答：

"我在想，今晚无处栖身，正不知如何是好。"

"是吗？可怜见儿的。待我教你个好法子吧。你即刻站在夕阳下，直到影子映在地上，等半夜时分将地上影子的胸部处挖开，必有满满一车的黄金可得。"

老人刚说完，便好似躲入了人群，又不知去向。

翌日，杜子春忽成天下第一大财主，生活依旧挥霍无度。园子里牡丹花开得正艳，白孔雀睡在花丛中，天竺的魔法师表演吞刀之术——与往日毫无二致。

那满满一车的黄金，不上三年，便又荡然无存了。

三

"郎君在想什么？"

独眼老人第三次来到杜子春面前，问了同样的话。不用说，杜子春这时又站在洛阳西门下，呆呆地望着晚霞中刚露头的一弯新月。

"我吗？我在想，今晚无处栖身，正不知如何是好。"

"是吗？可怜见儿的。待我教你个好法子吧。你即刻站在夕阳下，直到影子映在地上，等半夜时分，将地上影子的腹部处挖开，必有满满一车的……"

老人刚说到这里，杜子春连忙抬手打断老人的话：

"不必了，我不要黄金。"

"不要黄金？看来郎君终于厌倦了奢侈。"

老人疑惑地凝视着杜子春。

"哪儿的话，我并非厌倦了奢侈，而是对天下人感到嫌恶。"

杜子春一脸的愤愤不平，怒气冲冲地说道。

"这倒有趣。为什么对天下人感到嫌恶呢？"

"人皆薄情寡义。想在下身为大财主时，人人百般奉承，个个追随左右。一旦落魄，您瞧，连个好脸都不给。想到这些，即便再成首富，又有何趣！"

听了杜子春这话，老人忽然嘻嘻一笑。

"原来如此。嗯，你不再是个未经世故的后生家，已然是世情通达的成人了。如此说来，往后打算甘于贫穷，安稳度日了？"

杜子春略显迟疑，随即抬起眼睛，神情果断，望着老人说道：

"这我眼下还办不到。不过，我想拜老丈为师，跟您修仙学道。别，请莫隐身。老丈是位道行高深的神仙吧？要不然，也不可能一夜之间就让我变成天下第一的大财主。请收我为徒，传授仙术于我吧！"

老人蹙起眉头，沉默片刻，若有所思，然后笑着说道：

"不错，我是神仙，叫铁冠子，住在峨眉山上。当初见到你，觉得你悟性还不错，所以让你当了两回大财主。既然你这么想做神仙，那就收你为徒吧。"答应得很爽快。

杜子春顾不得高兴，老人话音未落，早已趴在地上，向铁冠子连连叩起头来。

"我并不要你谢我。即便当了我徒弟，能不能成仙得道，却要看你自己。——不过，暂且先随我一起，到峨眉山看看为好。哦，幸好有根竹杖落在这里，赶快骑上，从天上飞着去吧。"

铁冠子从地上捡起一根青竹杖，口里念着咒语，同杜子春一起骑马似的跨上竹杖。说来好不奇怪，那竹杖倏忽如同一条飞龙，猛然间腾空而起，在春日傍晚的万里晴空，朝峨眉山飞驰而去。

杜子春简直吓破了胆，战战兢兢望着下界。夕阳下，唯见青山连绵，京城洛阳的西门却遍寻不见，大概早为晚霞所遮蔽了。这时，铁冠子任凭两鬓的白发在风中飘扬，放声高歌道：

朝游北海暮苍梧，

袖里青蛇胆气粗。

三入岳阳人不识，

朗吟飞过洞庭湖[1]。

四

两人骑上青竹杖后，转眼便到了峨眉山。

那是一堵面临深谷、宽阔平坦的巨石，巨石高耸入云；挂在半空的北斗七星，星大如碗，璀璨明亮。深山人烟绝迹，四周阒然无声。耳中但闻一株长在后面绝壁上的蟠虬老松，在夜风中沙沙作响。

两人落在巨石上，铁冠子命杜子春坐于峭壁之下，嘱咐道：

"我要上天去见西王母，你且坐这里等我回

1　此诗为吕洞宾（798—？）所作。吕洞宾，相传为八仙之一，会昌年间两举进士不第，隐居终南山等地修道，通称吕祖。

来。我不在，魔障想必会来骗你。不管发生什么事，决不可出声。切记，你一张口，就成不了仙了。明白吗？哪怕天崩地裂，一声也出不得。"

"行，决不作声。哪怕丢了性命，也不出一声。"

"是吗？听你这话，我便放心了。我去去就来。"

老人与杜子春作别，又骑上竹杖，腾空消失在群峰之上。虽说夜色苍茫，也看得出峰峦陡峭有如刀削。

杜子春一人坐在石上，静静地瞧着群星。约莫过了半个时辰，正觉衣衫单薄，山中夜气生寒，忽听空中有人喝问："何人在此？"

杜子春谨记老人吩咐，并不作声。

须臾，那人又厉声喝道："再不作声，小心立取你命！"

杜子春仍不作声。

忽然，一只猛虎不知从何而来，跃上巨石，虎视眈眈瞧着杜子春，高声长啸。这工夫，头上的松枝也剧烈摇曳，唰唰作响。身后绝壁顶上，一条四斗桶粗的白色巨蟒口吐火红的信子，眼见得爬将下来。

杜子春泰然而坐，眉毛都不动一下。

虎蛇争饵，彼此对峙，伺机而动，刹那间，猛地同时扑向杜子春。不知是落入虎口，还是果了蟒腹，正寻思间，虎与蟒竟雾一般随风逝去。而后，只有绝壁上的松枝，依旧沙沙作响。杜子春松了口气，心里琢磨着，不知接下来又会发生什么事。

这时，猛地又起一阵怪风，黑云如墨，扑天盖地，淡紫色的闪电将黑暗一劈两半，轰隆隆的雷声响个不停。非但如此，暴雨也顿时如瀑布般倾泻下来。杜子春端坐不动，任这天象变化，毫无惧意。风声、雨柱、不绝于耳的电闪雷鸣——俨然要将这峨眉山震得山崩地陷。不一会儿，霹雳轰天，震耳欲聋，一道通红的电火在黑云中翻滚，朝杜子春当头劈下。

杜子春不由得捂住耳朵，跪倒在石上。待睁

眼一看，天空万里无云，一如方才，碗口大的北斗星，仍在对面高山顶上灿然闪亮。显然，方才的狂风暴雨，同猛虎白蟒一样，定是一些魔障趁铁冠子不在，来捣乱。杜子春渐渐放下心来，拭去头上的汗水，在石上重新坐好。

然而，一波未平一波又起，一个披挂金甲、身高三丈、威风凛凛的神将，出现在他面前。神将手持三叉戟，将戟尖直指杜子春胸口，横眉立目，叱责道：

"咄，你是何人？自开天辟地，咱家便住在这峨眉山上。你竟敢只身一人，擅闯此山，必非常人。要想保住性命，趁早离开此地。"

杜子春谨照老人吩咐，并不开言。

"为何不答话？……不答话！好！既如此，随你便。不过，我手下却要将你剁成肉糜！"

神将高举三叉戟，向对面山头一招，顿时神兵如云，布满天空，手上的刀枪剑戟，闪光锃亮，划破夜空，排山倒海般攻来，令人好不吃惊。

见此情景，杜子春险些叫出声来，当即想起

铁冠子的叮嘱，拼命忍住，没有作声。神将见他毫不畏惧，怒不可遏：

"你这凶顽！再不作声，咱家说话算数，立取你命！"

神将喝骂之声未落，三叉戟一晃，一下将杜子春刺死，高声呵呵大笑起来，震得峨眉山轰轰而鸣。随着呼呼的夜风，那些神兵如梦一般消失，神将也不见了踪影。

北斗星意态清寒，又照在一块巨石上。绝壁上的松树，依旧沙沙作响。而杜子春早已没了气息，仰卧在地。

五

杜子春的身子仰卧在石上，一缕魂魄幽幽，竟自出了窍，下到地狱。

且说这现世与地狱之间，有一条路，名叫闇穴道，终年天昏地暗，阴风猎猎，将杜子春刮得树叶似的，在空中飘飘摇摇。转眼之间，来到一座巍峨殿宇，匾额上写有"森罗殿"三个大字。

殿前一大群鬼卒，见到杜子春，立刻围了上去，推推搡搡将他拉到阶前，去见阶上一位大王。大王身着黑袍，头戴金冠，威严地睨视周围——这准是传说中的阎王爷。杜子春战战兢兢跪在阶下，心想不知他会如何处置自己。

"咄！你为何坐在峨眉山上？"

阎王爷声如雷鸣，从阶上发话道。杜子春正要回答，忽然想起铁冠子"不可开口"的嘱咐，便垂头不语，如同哑巴。阎王便举起手中铁笏，脸上的胡须倒竖，气势汹汹骂道：

"你当此地是何处？快快回答便罢，否则叫你立刻备尝地狱之苦。"

杜子春的嘴唇动也不动。阎王见状，当即发号施令。吩咐下去，众鬼卒应声一把拉起杜子春，飞到森罗殿上空。

尽人皆知，想那地狱除了刀山血池，还有火坑狱中的火山，寒冰狱中的冰海，尽数展现于漆黑的天空之下。众鬼卒将杜子春依次抛进各地狱。可怜杜子春，备经千般磨难，饱尝万般苦楚——刀剑穿胸，火焰烧脸，拔舌剥皮，铁杵敲骨，油锅煎熬，毒蛇吸脑，熊鹰啄眼，不一而足。杜子春却拼命忍住，咬紧牙关，一声不响。

众鬼卒也拿他没奈何。再一次飞过夜空回到森罗殿前，如方才一样将杜子春按在阶下，向殿上的阎王齐声禀报说：

"这罪犯无论如何也死不开口。"

阎王皱起眉想了片刻，忽似想起一件事，吩咐一鬼卒道：

"此人父母现入畜生道，速速将他们带来！"

鬼卒当即乘风飞临地狱上空，旋又流星一般赶来两头畜生，落到森罗殿前。杜子春一见，早已顾不得惊讶。那两畜生，身为丑陋的瘦马，面目却似死去的父母，那是他做梦也都忘不了的。

"咄！你为何坐在峨眉山上？如不快快招来，就要给你父母点厉害看。"

如此这般地吓唬，杜子春却仍不作答。

"你这个逆子！竟然眼见父母受罪，还只顾自己！"

阎王厉声高叫，震得森罗殿几乎都要坍塌。

"众鬼卒，打这两畜生！打他个骨断肉烂！"

众鬼卒齐声道"是"，举起铁鞭，毫不容情，从四面八方抽打两匹老马。鞭风嗖嗖，不分头脸，雨点般落下来，打得两匹老马皮开肉绽。老马——沦为畜生的父母，痛苦难当，眼中滴出血泪，哀哀嘶鸣，令人惨不忍睹。

"怎么样？还不招？"

阎王让众鬼卒住手，又逼杜子春回答。这时，两匹老马已是肉烂骨折，倒在阶前，气息奄奄。

杜子春拼命想着铁冠子的吩咐，紧闭双眼。这当口，耳边传来一丝声音，轻得若有若无。

"别担心！我们怎么着都不要紧，只要你能享福，比什么都强。不管阎王爷说什么，你不想说，就千万别出声！"

不错，那确是母亲的声音，令人不胜思念。杜子春不禁睁开眼。一匹牝马倒在地上，已精疲力竭，痴痴地瞧着他的脸，那神情好不悲伤。母亲遭了这样的罪，还能体谅儿子，对鬼卒的鞭笞，没露出一点儿怨恨的意思。世上其他人，见你当了大财主便来阿谀奉承，一旦见你落魄就不屑一顾。相比之下，母亲这份志气，何等可钦！她的志气，多么坚强！杜子春忘了老人的嘱咐，跌跌撞撞奔到跟前，两手抱住垂死的马头，簌簌落下泪来，叫了一声："娘！"

六

这一声，让杜子春苏醒过来——他正沐浴着夕阳，站在洛阳西门下发呆。空中的晚霞，白白的月牙儿，络绎不绝的行人，路上的车水马龙……这种种与他去峨眉山之前毫无二致。

"如何？做得了我的弟子，却做不得神仙吧？"

独眼老人微微笑着说道。

"做不得，做不得。不过，做不得神仙，反倒值得庆幸。"

杜子春眼里含着泪，不禁握住老人的手说。

"即便做了神仙，在森罗殿前眼睁睁瞧着父母挨鞭打却要一声不响，也实难办到。"

"如果郎君真不作声……"铁冠子突然神情庄重，目不转睛地看着杜子春说，"我当时想，如果你真不作声，我会立即取你性命。当神仙的念头，郎君恐怕已经没了吧？当大财主嘛，也已厌倦。那么，往后当什么好呢？"

"不论当什么，我想，都该堂堂正正做个人，本本分分过日子。"

杜子春的声音透着从未有过的清朗。

"这话可要记住呀！好啦，今日一别，你我不会再见了。"铁冠子说着，抬脚便走，旋即又停下，回头望着杜子春说道：

"哦，幸好此刻想了起来，我在泰山南山脚

下有间茅屋。那间茅屋连同田地，统统送给你吧，趁早住进去的好。这时节，茅屋周围，想必桃花正开得一片烂漫哩。"老人一副颇开心的样子，临走又加上这样一句。

大正九年（1920）七月

（艾莲　译）

弃
儿

"在浅草的永住町有一座信行寺——不过，倒也算不上一座多大的寺院。据说只是因为供奉着日朗[1]上人的木像，才成了一座颇有渊源的伽蓝。明治二十二年（1889）的秋天，有人将一个男孩扔弃在寺院的门前。出生年月自不用说，就连写着姓名的纸片也不曾附带一张。——据说孩子裹在一张破旧的黄地褐纹绸里，头枕着一只断了趾绊的女式草屦，被弃置在寺院的大门口。

"信行寺当时的住持，是一位名叫田村日铮的老人。那天他做早课的时候，一个同样上了年纪的门房跑进来向他通报道，寺院门口有一个弃儿。

1　日本镰仓时代的和尚，日莲宗开山鼻祖门下的六老僧之一。

但面对佛像的和尚甚至没有朝门房回过头去瞥上一眼，便若无其事地回答道：'是吗？那就抱进来好啦。'不仅如此，当门房战战兢兢地把孩子抱进来之后，和尚还一边用手接过孩子，一边轻松地逗弄着孩子道：'喔，多可爱的孩子。别哭了，别哭了。从今天起，就由我来抚养你好啦。'——即使过了很久，那个对和尚忠心耿耿的门房也还常常在贩卖芥草和线香的间歇，向前来参拜的信徒讲述起当时的情景。或许你们也知道，日铮和尚这个人，原本是深川的泥瓦匠，但在十九岁那一年，从脚手架上摔下来，一度失去了知觉。不料苏醒之后，竟突然萌发菩提之心。据说，他就是这样一个性情豪爽的奇人。

"那以后，和尚给这个弃儿取名为勇之助，名字像对待自己的亲生孩子一样抚养他。但自从明治维新以后，寺院里就不再有女人了，所以即便单单抚养一个孩子，也绝非一件容易的事情。从看护孩子到给孩子喂牛奶，都是和尚自己利用念经的闲暇一手操持的。有一次，勇之助染上了感冒之类的病。偏不凑巧，鱼市一个叫西辰的大施主家里正好要做法事。于是日铮和尚就把发着高烧的孩子裹在法衣里抱在胸前，一边用一只手搓着水晶佛珠，一边像往常一样平静地念完了佛经。

"但如果可能的话，还是想让孩子见见他的亲生父母——或许这就是性格豪爽但感情脆弱的日铮和尚内心的想法吧。即使现在去信行寺也同样可以看见，在寺院的门柱上还挂着一块陈旧的告示牌，上面写着'每月十六日举行说法'的字样——据说只要和尚一登上说教的讲坛，就会不时引用日本和中国的故事，来恳切地告诫人们：不忘母子之情分，亦即对佛恩的回报。可是，即便说法的日子一次又一次地来临，也不见任何人站出来自报是弃儿的父母。

不，说来在勇之助三岁那年，倒是有过一个因常年搽粉而脸上长满褐斑的女人，自称是孩子的母亲，前来探听过情况。不过，或许只是想把弃儿作为本钱图谋什么不轨吧，所以，一经仔细盘问，就发现她身上有很多可疑之处。于是，脾气暴烈的日铮和尚当场把对方痛骂了一顿，旋即把她扫地出门，就只差动手揍人了。

"到了明治二十七年（1894）的冬天，也正是日清战争[1]的传闻闹得沸沸扬扬的时候，依旧是在十六日的说法日那天，和尚刚一回到方丈室，就发现一个三十四五岁的优雅女人稳重而沉静地尾随进来。方丈室里生着火炉，火炉上架着一只铁锅，而勇之助就在火炉旁剥着橘子吃。只看了勇之助一眼，女人就猝然跪倒在和尚面前，双手拄地，压抑着颤抖的声音，十分肯定地说道：'我是这孩子的母亲。'这下，就连日铮和尚也给愣住了，半晌没有说出一句话来。但女人根本不顾和尚的反应，两眼直盯着榻榻米，嘴里一个劲儿地像是在背诵着什么——话虽这么说，但她内心的激动却早已尽现在身体的每一个角落——她对和尚迄今为止的养育之恩，郑重其事地道了谢。

---

1 即中日甲午战争。

"在女人说了一阵之后，和尚举起朱骨的折扇，打断了她的道谢，催促她首先讲讲自己丢弃儿子的缘由。女人依旧把目光投落在榻榻米上面，开始说了起来——

"说来，恰好是五年前的事情。女人的丈夫当时在浅草田原町开了一家米店，但因涉足股票投机而导致倾家荡产，只好决定趁着夜色逃往横滨。可这样一来，刚刚出生的孩子就成了碍手碍脚的包袱。而不巧的是，刚好女人又断了奶，所以就在逃离东京的那天晚上，夫妇俩痛哭流涕着，把婴儿扔到了信行寺的门前。

"为了投靠仅有的熟人，夫妻俩甚至连火车也没坐，就来到了横滨。男人进了一家运输行打工，而女人则成了一家丝绸铺的用人。夫妇俩拼命地干了近两年，不久，或许是福星高照吧，在第三年的夏天，运输行的老板看中了男人干活认真本分这一点，让他在当时才开发的本牧边的大街上开设了一间小小的分店。不用说，女人也同时辞掉了用人的差事，开始与丈夫一道操持起了店铺。

"分店的生意相当兴隆，在转过年之后，夫妇俩又新添了一个身体壮实的男孩。毋庸置疑，即便在此期间，关于那个悲惨弃儿的记忆也一直盘踞在夫妇俩的心底。特别是每当女人把少奶的乳头塞进婴儿的嘴里喂奶时，逃离东京的那个夜晚就会栩栩如生地重现在脑子里。不过，店里的生意仍旧非常兴隆，孩子也一天天地长大，而银行里也多少有了一些存款。——总之，夫妇俩终于苦尽甘来，过上了好日子。

"但这种好运也没能持续多久。就在他们好不容易有了笑颜的时候，也就是明治二十七年的春天，男人突然染上伤寒病，卧床不到一周，便呜呼哀哉了。倘若仅仅如此，或许女人倒也认命了，但怎么也无法忍受的是，视如掌上明珠的孩子，也在丈夫去世不到一百天的时候，因身患痢疾而突然夭折了。那阵子，女人不分白天和黑夜地痛哭，简直就像是疯了一般。不，岂止是那一阵子，甚至在随后的半年当中，她都一直是过着失魂落魄的日子。

"当那种悲哀逐渐冲淡之后，女人心中萌发的第一个念头，就是去见被丢弃的儿子。'如果那孩子还健在的话，那么，无论遇到多大的困难，我都一定要把他领回身边亲手抚养。'——一想到这儿，她就更是有一种迫不及待的感觉。于是，女人立刻坐上火车。刚一抵达久违的东京，她就径直赶到了朝思暮想的信行寺门前。而时间正好是十六日的早晨，按照惯例，这一天乃是寺院说法的日子。

"女人原本想直奔寺院的方丈室，以便找个人打听孩子的下落。但在说法尚未结束之前，不用说是见不到和尚的。因此，女人尽管等得心急如焚，但还是只能夹杂在本殿里那些密密匝匝的善男信女中间，心不在焉地听着日铮和尚说法——更准确地说，只是在等待着说法早点结束罢了。

"那天和尚也像往常一样，引用了莲华夫人[1]

1　莲华夫人，古代印度的仙女，据说脚踩之处均长出莲花。后成为乌提延生的王后，被称为莲华夫人。

偶然邂逅五百个孩子的故事，慈祥地讲解着母子之爱的伟大。莲华夫人生下五百只蛋，但那些蛋却被河水冲到了邻国，被邻国的国王所孵育。从五百只蛋里孵出了五百个大力士。他们压根儿不知道莲华夫人是自己的生母，有一天前来攻陷莲华夫人的城堡。闻此消息，莲华夫人登上城楼，大声疾呼道：'我就是你们五百个人的生母。瞧，这就是证据。'说着，她露出自己的乳房，用美丽的手指挤弄着。只见乳汁就如同五百道喷泉一般，从城楼上的夫人胸前滚滚涌出，分别喷射到五百个大力士的嘴巴里——天竺的这个古老故事在有意无意之间传入了这个不幸女人的耳朵里，在她心中唤起了非同寻常的感动。正因为如此，等说法一结束，她就两眼噙着泪花，沿着走廊从大殿急匆匆地赶往方丈室。

"听她讲完其中的缘由，日铮和尚马上把炉边的勇之助招呼过来，让他与阔别五年的母亲见面。迄今为止，勇之助还从不知道母亲长的什么模样。和尚也自然明白，女人的话并非凭空编织的谎言。

只见女人抱起勇之助，好一阵子都强忍着，以免失声痛哭。见状，豪放豁达的和尚也不知不觉地微笑着，睫毛上竟挂起了晶莹透亮的泪花。

"接下来的事情，即使我不说，你们也能猜个八九不离十吧。勇之助被母亲领回横滨的家里。这之前，女人在丈夫和孩子去世之后，听从好心的运输行老板夫妇的劝告，一直靠招收学徒教授自己擅长的女红手艺，来维持着虽然节俭但却还算殷实的生活。"

客人一讲完这个长长的故事，马上用手拿起放在膝盖前面的茶碗。但是，他却没有马上把嘴唇凑近茶碗，而是把目光驻留在我的脸上，心平气和地补充一句道：

"那个弃儿就是我。"

我一边默默地点着头，一边把凉开水倒进茶壶里。其实，就连初次见面的我也早已猜测到，那个可怜弃儿的故事，恐怕就是客人松原勇之助自己的身世。

在沉默了一阵之后，我对客人说道：

"令堂现在还好吗？"

谁知我听到的，却是一个出乎意料的回答：

"不，她前年就去世。——不过，我刚才讲到的那个女人，其实并不是我的亲生母亲。"

客人看见我惊讶的表情，眼里倏然掠过了一丝微笑。

"关于她丈夫在浅草田原町开了家米店的事，还有去横滨艰苦创业的事，这些都一点不假。但后来我才知道，关于弃儿的事却是编造出来的假话。恰好在母亲去世的前一年，我因为店里的生意——想必您也知道，我们店是做丝绵生意的——需要到新潟一带去走访客户。当时正好和一个经营盒子袋子等包装生意的老板坐在同一列火车上，而这个老板就住在田原町我母亲家的隔壁。不等我问，他就主动聊起了我母亲的往事。据他说，母亲当时生下了一个女孩，但不料那女孩在米店歇业之前便猝然夭折了。我回到横滨之后，马上背着母亲去查阅了户口档案，果然就像那个老板说的那样，母亲在田原町生下的婴儿，的确是一个女孩，而且在出生后的第三天便夭折了。也不知是出于何种考虑，为了抚养我这个并非亲生的儿子，母亲竟然编造了弃儿的谎言。而且，在那之后的二十多年里，为了照料我，她甚至废寝忘食，呕心沥血。

"母亲那么做，究竟是出于何种考虑——至今我也百思不得其解。可是，即便不可能知道事实的真相，我认为最能解释得通的理由，也就是日铮和尚的说法在失去了丈夫和女儿的母亲心里唤起了非同寻常的感动，以至于在聆听说法的过程中萌发了一个念头：为一个素不相识的孩子担当起母亲的角色。而我被收留在寺院里的事，她或许是从当时前来聆听说法的信徒那儿听说的吧。当然，也可能是寺院的门房告诉她的。"

客人缄口不语，露出一副若有所思的神情，然后像是想起了什么似的呷着茶水。

"你不是她亲生儿子这件事——特别是你已经知道自己不是她亲生儿子这件事，你有否告诉过令堂？"我忍不住问道。

"不，我没有告诉她。因为倘若从我嘴里说出这件事来，对母亲而言，未免太过残酷了。直到去世为止，母亲都对这件事守口如瓶。或许是因为她觉得，告诉我这件事，对我来说过于残酷了吧。实际上，在我知道自己并非母亲的亲生儿子之后，我对母亲的感情也发生了很大的改变。"

"你这么说，是什么意思？"

我凝眸审视着客人的眼睛。

"比以前更加依恋母亲了。自从知道那个秘密以后，母亲对于我这个弃儿来说，便成了胜似母亲的人了。"

客人静静地回答道，俨然不知道自己其实也是一个胜似儿子的人哪。

大正九年（1920）七月

（杨伟　译）

影

子

横滨。

日华洋行的老板陈彩，穿着一身西装，手肘拄在桌子上，嘴角叼着已经熄灭的烟头，像往常一样，忙碌的目光穿梭在堆积如山的商业文件上。

在悬挂着印花布窗帘的房间里，那种残暑的寂寞依旧几近窒息地笼罩着四周。而打破那种寂寞的，就只有散发着清漆气味的房门对面，不时传来的打字机的轻响了。

处理完一堆文件之后，陈彩像是突发奇想似的，抓起桌子上的电话听筒凑近自己的耳畔。

"请把电话接到我家里。"

奇怪的是，从陈彩的嘴里说出的，竟然是一

句底气十足的日语：

"谁啊？是阿姨呀。—— 去叫夫人来听电话。—— 喔，是房子吧？—— 我今天夜里要去东京，所以就在那边留宿了。—— 是不是今晚不能回家？—— 是的，好像赶不上末班火车呢。——那好吧，家里就拜托你了。—— 什么？请医生看过了吗？—— 不外乎是神经衰弱罢了。好的，那就再见了。"

陈彩把电话放回到原来的位置上，可不知为什么，他却一直阴沉着面孔。此刻，他用粗壮的手指擦燃火柴，开始吧嗒起叼在嘴巴上的烟卷。

……香烟的烟雾、花草的气息、刀叉碰触的响声，还有从房间角落里传出的变调的《卡门》……在嘈杂纷扰的背景中，陈彩只是独自对着一杯啤酒，怔怔地把手拄在桌子上。在他的周围，不管是顾客，还是侍者，抑或是风扇，没有一样东西不在令人目眩地移动着。然而，唯有他的视线，却从刚才起就一直锁定在收银台后面那个女人的脸上。

乍一看那女人还不到二十岁。她背对着镶嵌在墙上的镜子，一个劲儿地用铅笔匆匆填着账单。她额头的卷发、朦胧的胭脂，还有素雅的青瓷色衬领……

陈彩一口喝干杯里的啤酒，缓缓欠起壮硕的身体，径直来到了收银台前。

"阿陈，你什么时候才会给我买戒指啊？"

即便这样问的时候，那女人也没有忘记用铅笔继续填写账单。

"得等那只戒指从你手上消失之后。"

说着，陈彩一边用手摸索着零钱，一边用下巴指了指女人的手指。那手指两年前便已经戴上了与人订婚的金戒指。

"那好，我要你今天晚上就给我买。"

说着，女人霍然拔下手指上的戒指，和账单一起撂到他面前。

"这可是我护身用的戒指呢。"

在咖啡馆外面的柏油路上，流泻着夏季凉爽的夜风。陈彩夹杂在涌动的人流中，好多次抬起头来眺望街道上空的星斗。啊，这所有的星斗，唯有今夜才如此美妙……

这时，响起了有人敲门的声音。于是，陈彩的思绪被一下子拽回到了一年后的现实当中。

"请进！"

他的话音未落，那散发着清漆气味的房门便悄然打开了。只见脸色苍白的秘书今西带着一种瘆人的安静气息，走了进来。

"有信来了。"

陈彩默默地点了点头，他脸上笼罩着一种足以让今西不敢贸然开口的抑郁氛围。今西只是冷冷地点头行了个礼，留下一封书信，随即又像刚才那样，无声无息地回到对面的房间里去。

房门在今西离开后关上了。陈彩把烟头扔进烟灰缸里，拿起桌上的信。只见在白色的洋式信封上，用打字机打着收件人的姓名，与普通的商业信函并没有什么殊异。但就在陈彩拿起那封信的同时，脸上浮现出了一种难以言喻的厌恶表情。

"又来了！"

陈彩紧蹙起粗黑的眉毛，满脸憎恶地咋了咋舌。尽管如此，他还是把脚搭在桌缘上，跷起脚后跟，近于仰躺在转椅上，也不用裁纸刀，一把就撕开了信封。

"拜启，尊夫人有失贞操一事，谨再三忠告于足下……至今仍不见足下采取任何果断措施……如此一来，尊夫人遂得以与旧日情夫日夜厮守……房子夫人身为日本人，且做过咖啡馆女侍……我辈不能不对身为中国人的足下寄予万斛同情……若不与尊夫人离婚，足下必将成为万人耻笑的对象……望体察微衷……敬白。足下忠实的朋友。"

信从陈彩的手上无力地滑落到地面。

陈彩倚靠在桌子上，借助从花边窗帘上流泻进来的夕阳余晖，仔细地打量着一只女式金表。可是，刻在表盖背面的文字，并不是房子本人名字的第一个大写字母。

"这是怎么回事？"

新婚燕尔的房子就那样伫立在西式衣橱前，隔着桌子朝丈夫送来一张笑脸。

"田中先生送给我的。莫非你不知道？就是那个经营仓库的田中先生……"

接着桌子上又出现了两只戒盒。打开白天鹅绒的盒盖，里面分别装着一只珍珠戒指和一只绿松石戒指。

"这是久米先生和野村先生送的。"

然后又是一个珊瑚的发饰。

"哇，真够古色古香的。这可是久保田先生送给我的呢。"

就像是难以预料接下来还会抖搂出什么新鲜玩意儿一样，他只是目不转睛地盯着妻子的脸，若有所思地说道：

"这些全都是你的战利品。不好好珍惜的话，可对不住别人。"

于是，房子在夕照的余晖里又一次露出了娇艳的笑脸。

"所以，你的战利品也同样要……"

当时的他真可谓满心喜悦，春风得意。可现在……

想到这儿，陈彩的身体蓦地打了个寒战，随即把搭在桌缘上的两只脚放了下来。因为桌上突然响起的电话铃声惊扰了他。

"是我……好的。那就接过来吧。"

他一边对着话筒说道，一边有些烦躁地揩拭着额头上的汗水。

"谁呀？……我知道是里见侦探事务所。不过，是事务所的哪一位呢？是吉井君吗？……好的。有事向我报告？你说谁来过了？……是医生吗？……那以后呢？……或许是吧。那就请你到车站来一趟吧。……不，我肯定会搭乘末班车回去的……注意千万别出差错啊。那就再见了。"

陈彩放下电话，仿佛神志恍惚，好一阵子都默默地呆坐着。过了一会儿，他才看了看座钟的时针，半机械性地摁下了响铃的按钮。

随着铃声，秘书今西从微微开启的房门后面探出了半个瘦削的身体。

"今西君，你就这样告诉郑君好了，请他今天晚上代替我去一趟东京。"

不知不觉之间，陈彩的声音已经失去了那种铿锵有力的调子。但今西还是像通常那样，冷冷地点头行了个礼，便很快隐没在房门的后面。

不久，覆盖着一层薄云的夕阳照射在印花布的窗帘上，给整个房间里的光线平添了一种混浊的红色。与此同时，不知从什么地方飞进来一只硕大的苍蝇，一边发出钝涩的振翅声，一边在挂着脸颊发愣的陈彩周围，画起不规则的圆形……

镰仓。

在陈彩家的客厅内，仲夏的夜色也渐渐侵入了悬挂着印花布帘子的窗户。尽管日光已经消失殆尽，但窗帘外面那些还盛开着花儿的夹竹桃，给这房间凉爽的空气增加了一抹令人快慰的亮色。

房子倚靠在墙边的藤椅上，一边抚摸着膝盖上的杂色花猫，一边让忧郁的视线游弋在窗外的夹竹桃上。

"今天晚上，主人也不回家吗？"

这是那个老女佣的问话。她正在旁边的桌子上拾掇着茶具。

"唉，今天晚上又该寂寞冷清了。"

"不过，只要夫人贵体无恙，那我就放心了……"

"今天山内大夫不是也说了吗？我的病只是神经过于疲劳罢了。只要好好睡上两三天，就会没事的……哇——"

老妪用惊讶的眼神打量着女主人。此刻房子那孩子气的脸庞上，不知为什么，清晰地浮现出了一种恐惧的神色，这是刚才还不曾有的表情。

"怎么啦？夫人。"

"不，没什么。真的没什么，不过……"房子试图强装出笑容，说道，"刚才有人从那个窗户悄悄溜进了这间屋子……"

但一瞬之后，当老妪从窗户望出去的时候，却只看见夹竹桃在微风中瑟瑟战栗着，阒无人迹的庭院和草坪一览无余地尽现眼前。

"啊，真可怕！肯定又是隔壁家的男孩子在恶作剧呢。"

"不，才不是什么隔壁家的男孩子呢。是一个似曾相识的人——对了，就是我和阿姨你去长谷时，那个一直跟踪在我们后面、头上戴着鸭舌帽的年轻人……要不，就是我自己神经过敏吧。"

房子若有所思似的故意放慢后半句话的语速。

"如果是那个男人的话，该怎么办呢？再说，主人今天晚上又不回来……不管怎样，姑且先吩咐阿伯去报个警吧。"

"哎，阿姨你真是胆小。那种人无论来多少，我都一点儿也不害怕。不过，倘若真是我的神经过敏，那可就……"

老女佣疑惑地眨了眨眼。

"万一真是神经过敏，那我可能真要变成疯子了。"

"夫人净开玩笑。"

老妪如释重负一般微笑着，又拾掇起茶具来。

"不，那是因为阿姨你有所不知呢。这阵子我一个人独处的时候，总觉得有人站在我背后。不光站在我背后，还目不转睛地盯着我看……"

说着，房子就像是变成了自己话语的俘虏一样，陡然露出了忧郁的眼神。

……在二楼关了灯的卧室里，黑暗散发出淡淡的香水气味向四周蔓延开来，而唯有没挂窗帘的窗户还透着朦胧的光亮。这无疑多亏了月色。此刻房子沐浴着那种光亮，独自倚靠在窗边，眺望着眼前的松树林。

丈夫今天夜里又不回来，而用人们也早已入睡。就连月夜下的窗外庭院，也只是静悄悄地起着风。其间，还断断续续地传来了某种低沉而生涩的响声，想必是大海还在不时地咆哮着吧。

房子好一阵子都伫立在原地。这时，一种不可思议的感觉逐渐在她的心中萌发：某个人正站在自己身后，视线凝固在自己的身上一动不动。

但卧室里除了她以外，显然不可能有其他人。倘若真的有人——不，睡觉前不是给房门上过锁吗？那么，自己萌发这种感觉，就只是神经高度疲倦所导致的吧。她一边俯视着幽暗的松树林，一边反反复复地思忖着。有人正死死盯着自己看——无论怎样拼命地试图打消这种感觉，都只能是徒劳一场，相反，这感觉变得越来越强烈了。

房子终于下定决心，战战兢兢地回过头一看，果然，卧室里一个人影都没有，甚至看不见那只熟悉的杂色花猫。可自己却仍旧觉得有人，这显然是病态的神经在作祟——但这个念头也仅仅延续了一瞬间，随即房子又被刚才那种感觉深深地攫住了——有一个肉眼看不见的东西，正潜伏在充斥着这个房间的黑暗之中。但让人更加不堪忍受的是，那双眼睛这次是从正面直勾勾地逼视着背对窗户的房子。

房子一边与整个身体的战栗搏斗着，一边把手伸向就近的墙壁，麻利地扭开了电灯的开关。于是，这熟稔的卧室一下子将交错着月色的昏暗扫荡一空，实现了向可靠现实的突变。床榻、蚊帐、梳妆台——这一切此刻都浮现在宛如白昼般的光线中，清晰得令人振奋。与一年前她和陈彩结婚时相比，所有的物什依旧如故，毫无改变。只要瞧瞧周遭如此幸福的光景，无论多么毛骨悚然的幻觉都……可是，那奇怪的东西，却根本不怕电灯炫目的光线，一刻也不懈怠地瞅着房子的脸庞。于是，她用手捂住整个脸，试图拼命地叫喊。但不知为什么，声音竟然被堵塞在喉咙里，怎么也叫不出来。这时，有一种超越了所有过往经验的恐惧感，占据了她的心灵……

房子深深地呼出了一口气。也正是伴随着呼出的这口气，她得以挣脱一周前的记忆。而在同一时刻，杂色花猫也蓦地跳下她的膝盖，高高地耸起毛色漂亮的脊背，万般惬意地打了个哈欠。

"那种感觉谁都会有的呀。阿伯不是也说过，正午他们给庭院里的松树剪枝时，居然还听到过天空中传来小孩的笑声呢。尽管如此，他们不光没有精神失常，相反，在做事的闲暇里，还一个劲儿地向我抱怨不停呢。"老妪一边收拾起装茶具的漆盆，一边像是哄逗孩子似的这样说道。

听完这话，房子的脸上才露出了笑意。

"那肯定是隔壁家的男孩子在恶作剧呗。如果为那么一点事就大惊小怪，那阿伯他们不是早就吓破胆了吗？——哇，说着说着，天都已经黑下来了。还好，因为今天晚上丈夫不回来，没看见我这副样子，要是平时可就……阿姨，洗澡水烧好了吗？"

"应该好了吧。我这就去看看。"

"不用了，我这就去洗。"

房子终于变得轻松了，从墙边的藤椅上欠起身来。

"今天晚上，隔壁家的男孩子没准又会出来放烟花吧。"

老妪从房子背后静静地走了出去。于是，这里便只剩下昏暗而空寂的客厅，而外面的夹竹桃也已经隐没在了黑暗中。那只被两人遗忘的小花猫，就仿佛突然发现了什么一样，扑向门口。

那姿势就像是用整个身体朝某个人的脚上猛蹭过去一般。然而，在蔓延于房间的暮色中，除了小花猫的两只眼睛放射出可怕的磷光之外，便再也找不到其他人存在的迹象了……

横滨。

在日华洋行的值班室里，秘书今西躺在长椅上，借助灰暗的灯光浏览着新近出版的杂志。不一会儿，他便把杂志随手撂在旁边的桌子上，百般珍惜地从上衣里兜里掏出了一张照片。只见他一边端详着照片，一边让幸福的微笑久久地荡漾在苍白的脸庞上。

照片是陈彩之妻房子梳着桃瓣形发髻的半身照。

镰仓。

下行列车的汽笛升腾在星月高悬的天空。走出检票口的陈彩独自留在人流后面，怀抱着一只折叠包，环视着冷清的车站。只见一个身穿西服

的高个子男人 —— 刚才还坐在墙边的昏暗椅子上 —— 此刻挂着一根很粗的藤条拐杖，慢腾腾地朝着陈彩走了过来。他豪爽地摘掉头上的鸭舌帽，用低沉的嗓音寒暄道：

"是陈先生吗？我是吉井。"

陈彩几乎是毫无表情地凝眸注视着对方的面孔。

"今天辛苦你了。"

"刚才给你挂过电话……"

"那以后什么也没有发生吗？"

在陈彩的语气里，有一种能够将对方的话拒之千里的力量。

"什么也没有发生。在大夫回去之后，直到黄昏为止，夫人都一直和女佣人在一起闲聊着。然后洗澡吃饭，直到十点以前，似乎一直在听收音机。"

"没有客人来访吗？"

"嗯，一个都没有。"

"你停止监视，是在什么时候？"

"十一点二十分。"吉井也回答得干练而简洁。

"从那以后，直到末班列车为止，中间都不再有火车了，对吧？"

"是的，没有，不管是上行列车，还是下行列车。"

"那就谢了。回去之后，代我向里见君问好吧！"

陈彩把手搭在麦秸草帽的帽檐上，甚至没有看一眼正在行脱帽礼的吉井，便朝着车站外的沙砾路面，大步流星地走了过去。或许是因为那模样过于傲慢和张狂吧，以致吉井一边目送着陈彩的背影，一边情不自禁地耸了耸肩膀，但他很快又像是并不介意一样，一面吹响轻快的口哨，一面拄着粗大的藤条拐杖，朝车站前面的旅店走了过去。

镰仓。

一个小时以后，陈彩发现自己像盗贼一样，

耳朵紧贴在他们夫妇的卧室门口，一动不动地偷窥着里面的情形。在卧室外面的套廊上，令人窒息的黑暗牢牢地裹挟住了四周。其中唯一能看见的那丝微明，乃是房里的电灯透过钥匙孔流泻而出的光线。

陈彩遏制住快要炸裂的心跳，把全部精力都集中在紧贴门口的耳朵上。但卧室里却没有一星半点的说话声。那种沉默对于陈彩来说，俨然是一种不堪忍受的苛责。在从车站到这里的途中所发生的种种怪事，不禁再次浮现在他的眼前。

在枝丫纵横的松树下面，延展着一条被露珠打湿的砂石小路。甚至就连天空中那无数澄净的星星，也很难将光芒照射进这枝梢层叠的地带。但海风却穿过稀疏的芒草吹了过来，足以证明大海并不遥远。陈彩只身一人，一边嗅着那与夜色一道逐渐加重的松脂气味，一边小心翼翼地行走在凄清的黑暗中。

不久，他突然停下脚步，满腹疑虑地窥探着道路的前方。这倒不仅仅因为前面几步远的地方已经赫然出现了他们家那道黑黢黢的院墙，还因为在被常春藤掩映着的古老墙垣周围，蓦然响起了轻轻的脚步声。

但或许是因为松树和芒草过于幽暗吧，以至于无论怎样凝神窥探，都没有看见成为目标的人影。唯一能够感觉到的是，那脚步声不是朝着这边逐渐接近，而是朝着相反的方向越来越远了。

"我真糊涂啊。有资格走这条路的，又不是只有我一个人。"

陈彩就这样在心中斥责着打一开始便怀疑一切的自己。然而，这条路除了通往他家的后门以外，分明不可能再通向其他地方。由此看来——就在陈彩这样琢磨着的瞬间，与海风一起，传来了一阵微弱的响声。显然是有人正在开后门。

"真是可疑啊。今天早晨，我还看见后门上好端端地上着锁呢。"

想到这儿，陈彩就如同发现了目标的猎犬一样，一边高度戒备地注视着四周，一边静悄悄地逼近后门。但是后门分明是锁着的，即便是使劲猛推，也丝毫未见动弹的迹象。由此看来，不知什么时候，后门已经恢复了原样，又被人重新锁上了。陈彩倚靠在门上，好一阵子都茫然地伫立在掩至膝盖的芒草中。

"听见后门被打开的声音，莫非是我耳朵的幻觉？"

现在，无论从哪个角落都再也听不见刚才的脚步声了。在被常春藤遮蔽住的墙垣上方，自己家那黑灯瞎火的房屋悄然无声地耸立于缀满星斗的天空下。于是，陈彩的心里陡然涌起一股莫名的悲哀。至于到底是什么让他如此悲哀，就连他自己也懵然不知。他只是伫立在那儿，出神地倾听着寂寥的虫鸣，任凭泪水冰凉地流淌在脸上。

"房子。"

他几乎是呻吟一般，呼唤着那熟谙的爱妻名字。

出乎意料的是，恰好也在这个时候，只见高高的二楼上，其中一间屋子竟点亮了刺眼的电灯。

"那扇窗户……那是……"

陈彩屏住急促的呼吸，用手撑住就近的松树树干，踮起脚尖朝二楼的窗户里望去。只见窗户——是的，就是二楼卧室的窗户——正大大地敞开着，明亮的室内一览无余。并且，灯光从那里流泻而出，照射在围墙内的松树上，让茂密的树枝隐隐约约地浮现在暗黑的天空中。

但不可思议的东西并非仅限于此。不久，二楼的窗户边出现了一个面朝这边的朦胧人影。不巧的是，因为电灯的光源恰好就在那人影的背后，所以很难判断出那人的模样。但不管怎样，唯有一点是确切无疑的：那人影绝对不是一个女人。陈彩情不自禁地攀住围墙上的常春藤，以此来支撑住自己快要倒下的身体，并不胜痛苦地发出了断断续续的叫声：

"那封信……怎么可能呢？……不是只有房子……"

之后，陈彩轻松地越过了围墙，然后穿越庭院里的松树，顺利地接近了正处在二楼下的客厅窗户。那儿恰好生长着一丛娇艳欲滴的夹竹桃，只见上面的叶片和花朵都被露珠打湿了。

陈彩站在外面漆黑的走廊上，一边咬着发干的嘴唇，一边越来越妒火中烧，竖起了耳朵。因为在房门里的地面上，又响起了两三下刚才他听见过的那种小心翼翼的脚步声。

然而脚步声很快就消失了。不久，精神亢奋的陈彩又听见有人在关窗户。那声音就像在蜇刺着他的耳膜。——那以后又开始了一段长时间的沉默。

不久，那沉默就如同榨油机一样，在陈彩苍白失色的额头上绞出了冰凉的黏汗。他用哆嗦的手摸到了房门的把手，但把手当即就让他发觉，门是锁着的。

这一次又传来了梳子或是发卡倏然坠地的响声。但不知为什么，无论怎样仔细倾听，都听不到有人俯身拾掇的动静。

每一声响动都无一例外地叩击着陈的心脏，

每一次都迫使他浑身战栗。尽管如此，他还是痴迷地把耳朵紧贴在卧室的门上。但只要看看他投射在周遭的疯狂眼神，就不难知道他的神经已经达到了亢奋的极点。

在痛苦难捱的几秒钟过去之后，从房门里面传来了微弱的叹息声。紧接着，仿佛有人静悄悄地上了床。

如果再让这种状态持续一分钟，伫立在门口的陈彩会直接猝然昏迷的。但这时，一股蜘蛛丝般粗细的朦胧光线从房门流泻出来，恍若上帝的启示一般攫住了他的视线。陈彩立刻匍匐在地上，从把手下面的钥匙孔里注视着房间内部。

刹那间，陈彩的眼前展现出了一幅将永远遭到诅咒的光景……

横滨。

秘书今西把房子的照片揣回到上衣的里兜里，静静地从长椅上站了起来，然后像往常一样，悄无声息地走进了隔壁那漆黑的房间里。

就在他摁上开关的同时，房间蓦地明亮起来。房间里的台灯映照出了今西的身影——不知何时他已经坐到了打字机跟前。

霎时，今西的手指开始了令人眼花缭乱的运动。与此同时，打字机一边发出没有间断的响声，一边吐出一页断断续续打印着几行文字的纸张。

"拜启。尊夫人有失贞操一事，我想已经不必再度陈述。尽管如此，足下却因过于溺爱对方而……"

在这一瞬间里，今西的脸仿佛化作了恰好象征憎恶的面具。

镰仓。

陈彩卧室的房门已经遭到了毁损。但除此之外，无论是床榻还是蚊帐，抑或是梳妆台，还有明亮的灯光，全都和上个瞬间别无两样。

陈彩仁立在房间的一隅，审视着重叠在床铺前面的两个人影。其中一个是房子——更准确地说，乃是一个"物体"，一个刚才为止都还作为房子存在的物体。这个整张面孔都肿胀发紫的物体，此刻吐出半个舌头，用眯缝的眼睛望着天花板。而另一个人影则是陈彩，是与呆立在房间一隅的这个陈彩毫无不同的陈彩。此刻他与曾是房子的物体重叠在一起，用两只手猛掐对方的脖子，直到指甲没入对方的喉咙。然后，他的脑袋耷拉在房子裸露的乳房上，不知是活着，还是已经死去。

几分钟的沉默过去之后，地上的陈彩一面痛苦地呻吟着，一面徐徐欠起肥胖的身体。但刚一艰难地站起来，又马上像跌倒了一样，沉重地坐在旁边的椅子上。

而这时，房间一隅的陈彩则静静地离开了墙边，走到了曾是房子的"物体"跟前，把无限悲哀的眼神投落在她那肿胀发紫的脸上。

当椅子上的陈彩一发现自己以外的另一个陈彩时，旋即疯子般站了起来。在他的脸上——布满血丝的眼睛里，掠过强烈的杀机。但刚一看见对方的模样，那种杀机又在顷刻间化作了难以言表的畏葸。

"你是谁呀？"

他呆呆地站在椅子前面，发出了几乎窒息的声音。

"无论是刚才行走在松树林中的人，还是从后门悄悄溜进这儿的人，抑或是站在窗前眺望外面的人，还有杀害了我的妻子——房子的人……"在一度中断之后，他又换成粗暴而沙哑的嗓音，继续说道，"就是你吧？你是谁呀？"

但另一个陈彩却一句话也不回答。相反，他只是抬起眼睛，悲哀地打量着对方。于是，椅子前面的陈彩，仿佛一下子被这视线击中了一样，睁圆了大得可怕的眼睛，开始向墙缘节节后退。但即便这时，他的嘴唇还无声地张合着，就像是在不断重复着："你是谁呀？"

不久，另一个陈彩在曾是房子的"物体"旁边跪下来，静静地将手环绕在她纤细的脖子上，然后用嘴唇亲吻着遗留在脖子上的那些残酷的指痕。

在充满明亮灯光、比坟墓还阒寂的卧室里，

不久便断断续续地响起了轻微的哭泣声。两个陈彩——站在墙边的陈彩也像跪在地上的陈彩一样，开始掩面而泣……

东京。

《影子》这部电影演完时，我和一个女人正坐在某个电影院包厢的椅子上。

"刚才的电影已经结束了吧？"我问道。

女人用忧郁的目光看着我，让我想起了电影《影子》中房子的眼睛。

"你是指哪部电影？"

"刚才那部呗。名字就叫《影子》，对吧？"

女人把膝盖上的节目表一声不响地交给了我。可再怎么找，上面就是没有《影子》这个名字。

"这样看来，或许是我做了个梦吧。尽管如此，却不记得自己打过盹，这不是很奇怪吗？更何况那部名叫《影子》的电影，也真是一部奇妙的电影呢……"

我简明扼要地讲述了《影子》的梗概。

"如果是那部电影的话，我也看过呢，"等我一讲完，女人就一边在凄凉的眼底浮现出笑意，一边用几乎听不见的声音回答道，"我们还是相互留心着，不要去理那些影子吧。"

大正九年（1920）七月十四日

（杨伟　译）

秋山图

"……提起黄大痴，可曾见过他那幅《秋山图》？"

一个秋夜，王石谷走访瓯香阁，与主人恽南田品茗之间，问起这话。

"哦，没见过。您见过？"

大痴老人黄公望，与梅花道人、黄鹤山樵，同是元画圣手。恽南田一边答，一边想起曾见过的《沙碛图》和《富春卷》[1]，仿佛还在眼前。

"唉，究竟算不算见过，我都有些茫然。"

"算不算见过？"

恽南田疑惑地望着王石谷的面孔。

---

1 均为黄公望之作。《富春卷》全名是《富春山居图卷》。

"难道见的是摹本吗？"

"不，不是摹本，倒确是真迹。而且，见到的还不止我一人。说起这幅《秋山图》，烟客先生（王时敏）和廉州先生（王鉴）与此画都有过一段因缘。"

王石谷又呷了一口茶，意味深长地笑了笑。

"要是不嫌啰唆，我就讲讲？"

"请，请！"

恽南田将铜灯上的火挑亮，殷勤地催促客人。

那时元宰先生（董其昌）还在世。有一年秋天，先生同烟客翁论画，忽然问及见没见过黄一峰的《秋山图》。您知道，烟客翁在画技上，一向师从大痴。大痴的画，只要留存于世的，不夸张地说，他全都见过，但唯独那幅《秋山图》，却始终无缘得见。

"没有，非但没见过，甚至连名儿都未曾得闻。"

烟客翁这样回答，不知怎的，觉得有些难

为情。

"倘有机会，请务必一睹为快。同《夏山图》和《浮岚图》相比，那画更出色。依我看，恐怕是大痴老人画中的极品了。"

"竟有这样的杰作？那非看不可。这画现在谁手里？"

"在润州张氏家中，去金山寺的时候，可登门求见。我给您写封荐书。"

烟客翁得了元宰先生的手简，当即动身去润州。张氏既然家藏如此绝妙好画，除黄一峰的画外，此去必定还能看到许多历代精品——想到这里，烟客翁在他西园的书房里，便一刻也待不住了。

可是到了润州，高高兴兴奔到张家一看，房子果然挺大，却是一片荒芜。墙上爬着藤蔓，院里长满杂草。鸡鸭跑来跑去，好不稀奇地看着来客。烟客翁也不由得一时怀疑起元宰先生的话：这种人家，真会收藏大痴的名画么？但既然来了，总不能过门不入，有违初衷。于是向出来应客的小厮说明自己为一睹黄一峰的《秋山图》，特地远道而来，并递上思白先生的荐书。

不大会儿工夫，烟客翁就被请进厅堂。厅里摆着红木桌椅，倒也整洁，却透着一股灰尘味，显得冷冷清清——青砖地上，好似流溢着一缕荒凉之气。幸而出来待客的主人，虽然一脸病容，却不是坏人。苍白的脸色，纤巧的手势，显出其高贵的气质。烟客翁同主人寒暄过后，随即求观黄一峰的名画。据说，烟客翁当时也不知为什么有些迷信，觉得要是不马上看，那画似乎就会烟消云散。

主人很爽快，当即答应。原来厅堂光秃秃的墙上，便挂着一幅画。

"这就是您要看的《秋山图》。"

烟客翁抬眼看去，不由得一声惊叹。

画面设色青绿，溪水蜿蜒而流，星布着小桥和几椽茅屋。——背后，主峰突起，半山腰上，秋云悠悠，施以或浓或淡的蛤粉，渲染得层次分明；层峦叠嶂，或高或低，点描出新雨初霁的翠黛；其间点点朱红，映出丛林处处的红叶，美得简直无法形容。这画看似华丽多彩，却布局宏伟，笔墨浑厚——在绚烂的色彩中，自是蕴含着空灵淡荡的古趣。

烟客翁看得出神，简直入了迷，越看越觉得神奇。

"如何？还中意么？"

主人望着翁的侧脸，含笑问道。

"神品！元宰先生曾赞不绝口实不过分，或可说，如此称赞尚嫌不足。迄今所见众多名画，与此件相比都要甘拜下风了。"

烟客翁即使说话的工夫，眼睛也没离开《秋山图》。

"是么？果真是如此杰作么？"

烟客翁不由得吃了一惊，眼睛转向主人。

"怎么？我的话您不信？"

"不，不是不信，其实……"

主人疑惑的脸像少女似的红了起来，随后寂寞地微微一笑，怯生生地望着墙上的画，接着说道：

"其实，每次看这画，都觉得像睁眼做梦一样。不错，《秋山图》是美的，但这美，是不是只有我才觉得呢？在别人眼里，它会不会只是一幅平庸之作？不知为什么，这疑团始终缠着我。难道是我疑心太重，抑或是这画实在太美的缘故？我不知道。总之觉得很奇妙，所以听您称赞才叮问了一句。"

不过，当时烟客翁对主人的辩解没大留意。不仅因为看画看得入迷，也因为烟客翁认为主人完全不懂得鉴赏，故作内行，随便说说而已。

过了一会儿，翁便告别了荒宅一般的张家。

但对那令人眼前一亮的《秋山图》，却怎么也不能忘怀。实际上，烟客翁师承大痴法灯，他什么都可以舍弃，唯独这幅《秋山图》一定要弄到手。再说，翁是收藏家，家藏的墨宝中，那幅李营丘的《山阴泛雪图》，据说花了二十镒黄金才求得，但较之《秋山图》的神趣，就不免相形见绌。所以，对于身为收藏家的烟客翁，这幅稀世的黄一峰之作，是志在必得的。

为此，翁在润州逗留期间，几次托人去同张氏协商，望其能出让那幅《秋山图》，但张氏无论如何也不肯答应。听所托的人讲，那位脸色苍白的主人说："既然先生那么中意这幅画，可以借予，但要出让，却恕难从命。"这让心高气傲的烟客翁多少有些不快。什么话，现在且不找你借，总有一天定人我掌中，等着瞧吧。翁心里这样盘算着，最后也没去借《秋山图》，便离开了润州。

过了一年，烟客翁又去润州，重访张家。墙上的藤蔓和院里的青草，都一如往昔。可是，听应客的小厮说主人不在家。翁说，不见主人也行，只求再看一眼那幅《秋山图》。求了几次，小厮一味以主人不在挡驾，不让进院，最后竟关上大门，理都不理了。翁也无可奈何，只能心里想着藏在这荒宅中的名画，怅然而回。

后来翁又见到元宰先生，先生对翁说，张家不仅有大痴的《秋山图》，还藏有沈石田的《雨夜止宿图》《自寿图》等杰作。

"上次忘了告诉你,这两幅同《秋山图》一样,可谓画苑的奇观。我再写封荐书,务必去看一看。"

烟客翁当即差人赶到张家。去的人除了带上元宰先生的手札,还带了一笔求购名画用的款子。但张氏同前次一样,唯有黄一峰这幅画无论如何不肯脱手。至此,翁对《秋山图》唯有断念,此外已别无良策。

说到此处,王石谷停了停,又说:

"上面这些是我听烟客先生说的。"

"那么,只有烟客先生是见过《秋山图》的了?"

恽南田一面抚弄胡子,一面瞅着王石谷叮问道。

"先生说他见过。是不是真见过,那就谁都不清楚了。"

"但照方才的话……"

"还是先听我往下讲吧。等听到后面,或许会另有高见。"

王石谷连茶都没顾上呷一口，便娓娓地继续
说道。

烟客翁同我提起这话，距他第一次见《秋山
图》，已相隔近五十年的星霜。其时，元宰先生早
已物故，张家也不知不觉到了第三代。所以，那
幅《秋山图》如今藏在谁家，是不是还完好如初，
亦无从知道。烟客翁讲起《秋山图》的神韵，如
数家珍，然后不无遗憾地说：

"这黄一峰的《秋山图》，好比公孙大娘的剑。
有笔墨而不着痕迹。唯有一股不可名状的神韵，
直逼你的心头……如同看神龙驾雾，人剑合一而
两不相见。"

一个月后，春风乍起时节，我告诉烟客翁自
己将独自南下一游。翁说：

"这正是好机会，可打听一下《秋山图》的下
落。倘能再度出世，实画苑之大幸。"

我当然也这么希望，当下便请翁修书一封。
上路之后，拟游之地颇多，一时还无暇去润州张

家。直到子规声啼，我仍揣着翁的荐书，没去打听《秋山图》的下落。

这期间，偶然听说，那幅《秋山图》已落入贵戚王氏手中。想来，我游历途中，把翁的荐书示人，其中便有认识王氏者。大概王氏从那人处，得知《秋山图》现藏张氏家中。按照坊间说法，张氏之孙一见来使，立即献上大痴的《秋山图》，连同传家的彝鼎和法书。据说，王氏大喜，将张氏孙奉为上宾，设盛宴款待，搬出家中歌姬舞娘，张乐助兴，还礼赠千金。我听后兴奋之极。这《秋山图》历经沧桑五十载，依旧安然无恙，而且落入相识的王氏手中。想当年，烟客翁煞费苦心，想重睹这《秋山图》，也许为神鬼所不容，终究事与愿违。而今，王氏得来全不费工夫，这画竟如同海市蜃楼一般，自然而然，横空出世，只能说是天意。我当下火速赶到金阊王府，以期一睹《秋山图》为快。

我现在还记得很清楚，那是初夏的午后，没有一丝风，王府院里的牡丹正在玉栏边盛开。我一见到王氏，不等作完揖，就先笑了起来。

"《秋山图》已是贵府之宝物。烟客先生为此画曾煞费苦心，这回可以放心了。如此想来，真是不胜快慰。"

王氏也面带得色，说：

"今天，烟客先生、廉州先生都要到舍下来。不过，先到者为尊，请先观赏吧。"

王氏马上命人把《秋山图》挂到侧面墙上。坐落溪边的红叶村舍，笼罩山谷的朵朵白云，远近屏立的青山翠岭——大痴老人创造的这方小天地，比天地更加灵秀，立刻展现在眼前。我的心不禁怦怦直跳，凝神看着墙上的画。

这云烟丘壑，毫无疑问是黄一峰的手笔，加上如许皴点，愈见出用墨之妙——设色如此浓重，而又不收敛笔锋，除却痴翁，无人能作。可是——可是这幅《秋山图》，同烟客翁往日在张家一度见过的那幅，的确不是同一手笔。比起那幅，这恐怕是等而下之了。

王氏和一座食客，都在一旁注意我的脸色。

须得小心，脸上绝不能露出丝毫失望的神情。尽管我十分小心，不屑的表情不知不觉还是流露了出来。过了一会儿，王氏不免有些惴惴，问道：

"觉得如何？"

我连忙回答：

"神品，果然是神品。难怪烟客先生大为倾倒。"

王氏的脸色略有缓和，但眉宇之间，对我的赞赏似仍觉不足。

这时，向我描述过《秋山图》神韵的烟客先生恰巧到来。翁与王氏寒暄时，露出高兴的笑容。

"想我五十年前，看这幅《秋山图》，是在荒凉的张家；今天，得与此画重逢，却在华贵的尊府，真是意外的缘分。"

烟客翁说着，便举头去看墙上的大痴。这幅《秋山图》，究竟是不是曾经见过的那幅，烟客翁心里当然比谁都清楚。所以，我也和王氏一样，注意端详翁看画时的表情。果然，他脸上渐渐笼上一层阴影。

沉默有顷，王氏越发不安了，怯生生地问翁：

"觉得如何？方才石谷先生大加赞赏……"

我怕正直的翁说出实在的话来，心里不禁感到一丝寒意。可能翁也不忍心让王氏失望吧，看完了画，郑重回答王氏道：

"能得到此画，真是好大的福气。可谓给府上的珍藏锦上添花。"

可王氏听了这话，忧虑的神色反倒更浓了。

要不是廉州先生这时赶到，我们准会尴尬得很。正当烟客先生期期艾艾，不知如何措辞时，幸而有廉州先生快活地加入进来。

"这就是提到的那幅《秋山图》么？"

先生顺口打过招呼，就去看黄一峰的画，一时没有作声，只管咬他的胡子。

"听说，烟客先生五十年前就见过此画。"

王氏更加忐忑不安了，便又添上一句。廉州先生从没听烟客翁说过《秋山图》神韵缥缈。

"照您的鉴赏，意下如何？"

先生只是吁了口气，仍然看着画。

"不必客气，敬请直说……"

王氏勉强笑着，一再催问先生。

"这幅画么，这幅画……"

廉州先生又闭上嘴了。

"这幅画，怎么样？"

"当是痴翁首屈一指的名作……请看，这云烟的浓淡，气势有多磅礴！林木的设色，堪称浑然天成。瞧见了吧？远处有一峰突起，整个布局因此而显得那么灵动！"

一直没开口的廉州先生，回头向王氏一一指出画的妙处，同时还发出大大的赞叹之声。不消说，王氏听了神情渐渐开朗。

这工夫，我悄悄与烟客先生碰头，小声问：

"先生，这是那幅《秋山图》么？"

翁摇摇头，奇怪地眨了眨眼：

"一切恍如梦中。那张家的主人，兴许是狐仙之流吧？"

"《秋山图》的故事，就是这些。"

王石谷说完，慢慢饮了一杯茶。

"这故事果然离奇。"

恽南田凝视着铜灯台上的火焰。

"后来，听说王氏还热心地问了许多话。除了《秋山图》，痴翁还有什么画，听说连张氏也不知道。所以，烟客先生从前见到的那幅，要么是藏在别处，要么是先生记错了。究竟怎么回事，我也不明白。总不至于先生到张家看《秋山图》，压根儿就是一场幻梦吧……"

"可是，那幅奇妙的《秋山图》，不是明明留在烟客先生的心里么？而且，你心里也……"

"青绿的山石，朱红的红叶，即使现在，也历历如在眼前。"

"那么，即使没有《秋山图》，又有何可遗憾的呢？"

恽王两大家不禁拊掌一笑。

大正十年（1921）一月

（艾莲　译）

山鹬

　　1880 年 5 月的一天，日暮时分。伊万·屠格涅夫再次来到阔别两年的雅斯纳亚·波良纳，和主人托尔斯泰伯爵一起，到瓦伦加河对岸的杂木林去打山鹬。

　　同行的除了两位老人，还有风韵犹存的托尔斯泰夫人和牵着狗的孩子们。

　　去往瓦伦加河的一路，大多在麦田中穿行。与日落同生的微风，拂过麦尖，轻轻送来泥土的气息。托尔斯泰扛着枪，一路走在众人前面，不时回过头，和走在托尔斯泰夫人身边的屠格涅夫说句话。这位《父与子》的作者，每每稍显意外，便会抬起眼睛欣喜机智地回答，有时则又耸耸宽阔的肩膀，发出一声沙哑的笑声。与粗鲁的托尔斯泰相比，他的答话显得文雅，同时又有点女性化。

路过一处缓坡，对面跑来两个村童，像是两兄弟。见到托尔斯泰后，一度停下来注目而视，然后又像原先一样，亮出赤裸的脚底板，快速跑上山坡。托尔斯泰的孩子中，有一个在后面冲他们大声喊了几句。可是两个孩子好似什么也没听见，转眼之间便消失在麦田深处。

"村里的孩子很有趣。"

托尔斯泰的脸上映着夕阳的余晖，回头对屠格涅夫说：

"他们说的话，我们想不出。这教会我一种直接的表达方式。"

屠格涅夫笑了笑，他已今非昔比。他一旦在托尔斯泰的话里，听出孩子式的感动，常会不由自主地脱口讽刺……

"最近给他们上课——"托尔斯泰接着说道，"突然有个孩子要跑出教室，问他去哪儿，他说，'去咬一段粉笔来'。既不说'要点儿'，也不说

'掐一段'，而是说'咬一段'。能说这种话的，大概只有咬粉笔的俄国孩子了，我们大人是说不出来的。"

"不错，只有俄国的孩子才会这么说。也只有听到这样的话，我才真觉得是回到了俄国。"

屠格涅夫仿佛这时才发现周围的风景，放眼望着麦田。

"是啊。在法国那种地方，小孩子难保不抽点烟什么的。"

"说起来，您近来似乎不吸烟了。"托尔斯泰夫人从丈夫恶意的戏谑中，巧妙地给客人解了围。

"可不是，完全戒了。您知道，在巴黎遇到两位美人儿，怪我嘴里有烟味，不让我吻她们。"

这回轮到托尔斯泰苦笑了。

不久，一行人过了瓦伦加河，来到打山鹬的猎场。那是一块潮湿的草地，离河不远，杂木林稀稀落落。

托尔斯泰把打鸟的最好位置让给了屠格涅夫，

自己则在一百五十步外草场的一角选好地方。托尔斯泰夫人守在屠格涅夫身旁，孩子们各自散开，远远躲在大人身后。

天上晚霞绯红。交织在空中的枝头，朦朦胧胧一片，准是密密匝匝、清新扑鼻的嫩芽。屠格涅夫举起猎枪朝林中观察，林木幽暗，时而轻风微拂，窸窣作响。

"知更鸟和金翅雀在叫呢。"

托尔斯泰夫人侧耳倾听，自言自语道。

渐渐地，众人已静默了半小时。

这时，天空似水。远远近近的白桦树，看上去一片白。听不到知更鸟和金翅雀的叫声，偶尔传来五十雀的几声啼鸣。——屠格涅夫再次谛视着稀稀落落的树林。此时，林木深处已全然沉入苍茫的暮色之中。

忽然，一声枪响，响彻林间。回音尚未消失，等在后面的几个孩子已和猎犬争相去拾猎物了。

"您先生捷足先登了。"

屠格涅夫微笑着回头对托尔斯泰夫人说。

不一会儿，二儿子伊里亚从草丛中跑来告诉母亲，父亲打到了山鹬。

屠格涅夫问道：

"谁找到的？"

"朵拉（狗的名字）发现的 —— 当时还活着呢。"

伊里亚又转向母亲，两颊泛着红润，叙说发现山鹬的经过。

屠格涅夫的脑际，闪现出《猎人笔记》中一个小品的场景。

伊里亚走后，一切又恢复了原先的静寂。幽暗的林木深处散发出的，不知是春枝的嫩芽味，还是潮湿的泥土气息。其中，间或远远传来几声倦鸟的啼叫。

"那是 ——"

"青斑鸟。"

屠格涅夫立刻回答道。

青斑鸟突然停止啼叫。随后，暮色笼罩的林间，所有鸟鸣戛然而止。空中连一丝风也没有，在毫无生气的林木上，蓝色愈见深沉。一只灰头麦鸡孤寂地叫着掠过他们头顶。

等到枪声再起，划破林间的寂寞，已是一小时之后了。

"即便打山鹬，列夫·尼古拉耶维奇[1]也胜过我。"

屠格涅夫眼带笑意，耸了耸肩。

孩子们的追赶声，朵拉不时的吠叫声 —— 等这一切再度平静下来，满天已是点点寒星，星光粲然。此刻，极目望去，林中已悄然弥漫着夜色，树枝纹丝不动。二十分钟、三十分钟 —— 随着时间沉闷地推移，湿地掩映在暮色里，不知不觉自脚下漫然升起一层薄明的春霭。他们周围，连一只山鹬的影子也没有。

"今天是怎么回事？"托尔斯泰夫人的自语，带点同情的意味，"很少有这情形。"

"夫人，您听，夜莺在叫呢！"

---

1 尼古拉耶维奇，托尔斯泰的父称。俄语中，用名字加父称的形式称呼表示尊敬。下同。

屠格涅夫有意岔开话题。

黑暗的林子深处，的确传来夜莺欢快的叫声。二人沉默了片刻，各自想着心事，一面静静地听着夜莺的歌声……

刹那间——照屠格涅夫自己的话说，"能感知这刹那间的，唯有猎人"。——就在这刹那间，对面草丛里，毫无疑问，随着一声啼鸣，有只山鹬飞了起来。山鹬白色的羽毛，在低垂的枝叶间若隐若现，行将消失在夜色中时，屠格涅夫迅速举起枪，扣动了扳机。

枪声伴着一抹尘烟和短促的火光，久久回荡在寂静的林间。

"打中了吗？"

托尔斯泰走过来大声问道。

"当然打中了，像石头一样掉了下来。"

孩子领着狗，已经聚到屠格涅夫身边。

"去找找。"

托尔斯泰吩咐孩子。

孩子抢先于狗，四处寻找。可找来找去，始

终没找到死山鹬。朵拉也没完没了地转悠着，有时趴在草丛里，不满地哼唧几声。

最后，托尔斯泰和屠格涅夫也帮孩子们一起找，可是连根山鹬毛都没看见，不知哪儿去了。

"好像没有。"

二十分钟后，托尔斯泰站在黑暗的林间，对屠格涅夫说。

"怎么会没有呢？明明看见像石头一样掉了下来……"

屠格涅夫一边说，一边巡视着草丛。

"打是打中了，打中的或许是鸟毛。这样，它掉下来后，就逃掉了。"

"不，不会只打中鸟毛，我确实打中了。"

托尔斯泰皱起粗重的眉毛，满脸疑惑。

"这样的话，狗该找得到。只要打中，朵拉就能叼在嘴里找回来……"

"真的是打中了，我也没办法。"

屠格涅夫抱着枪，做了一个焦躁的手势。

"打没打中，这点事小孩子都看得出来。我一直瞧着呢。"

托尔斯泰嘲弄似的盯着对方:

"那,狗怎么样?"

"狗怎么样,我管不着! 我只是把我所看到的告诉你。总之,像石头一样掉下来了……"

屠格涅夫从托尔斯泰的目光里,看到一种挑战的神情,不觉尖声说道:

"Il est tombé comme pierre, je t'assure ! (就像石头一样掉下来了,我跟你保证!)"

"但朵拉不可能找不到!"

这时,托尔斯泰夫人笑着向两位老人走来,若无其事地为他们调解。夫人建议,今晚就算了,还是先回家的好,等明早再打发孩子们来找。屠格涅夫立刻表示赞成。

"遵命,明天就真相大白了。"

"是呀,明天就真相大白了。"

托尔斯泰仍不甘心,不怀好意地扔下一句反话,猛地转身离开屠格涅夫,径自走出林子……

屠格涅夫回到卧室，已经是夜里十一点多了。总算一个人静了下来，他颓然坐在椅子上，茫然环视着四周。

卧室是托尔斯泰平日使用的书房。在烛光的映照下，高大的书架，壁龛中的半身像，三四个相框，挂在墙上的鹿头——这些东西围绕在左右，毫无半点色彩，营造出一种冷冰冰的气氛。但无论如何，对今晚的屠格涅夫来说，一人独处，反觉得不可思议地高兴。

——回到卧室之前，屠格涅夫和主人一家围着茶桌闲谈，消磨时间。他尽其所长，谈笑风生，而托尔斯泰仍是一脸阴沉，很少开口。这令屠格涅夫既恼火，又不安，对一家大小比平时更加殷勤，他故意不去理会主人的沉默。

每逢屠格涅夫妙语连珠，一家人便发出愉快的笑声。尤其是孩子们，看他生动地模仿汉堡动物园里的象叫、巴黎咖啡馆侍应生的举止，更是笑得前仰后合。可是，大家越是高兴，屠格涅夫心里越是感到尴尬窘迫。

"最近出了一个有希望的新锐作家，你知道吗？"

话题转到法国文学界时，这位浑身不自在的社交家终于忍不住，故作轻松地向托尔斯泰问道。

"不知道。叫什么名字？"

"莫泊桑——居伊·德·莫泊桑，至少是现时少有的一位具有犀利洞察力的作家。我包里有他的一本小说，*La Maison Tellier*（《泰利埃公馆》），有时间可以看看。"

"莫泊桑？"

托尔斯泰只是狐疑地睃了他一眼，至于小说究竟看还是不看，却不置可否。这使屠格涅夫想起儿时受大孩子欺侮的事——此刻，涌上他心头的，正是这种受屈辱的滋味。

"说起新锐作家，这儿也来过一位特别人物呢。"

看到他尴尬的样子，托尔斯泰夫人赶紧说起这位奇特人物。——一个月前，有天傍晚来了一位衣衫不整的年轻人，说是非要见主人不可。一进门，那人张口便对初次见面的主人说："先给我一杯伏特加，再来一碟鲱鱼尾巴。"这足以叫人震惊了，谁知这位古怪青年还是位小有名气的新锐作家呢，就越发叫人不能不惊讶了。

"这人叫迦尔洵[1]。"

听到这个名字，屠格涅夫又想把托尔斯泰拉进谈话圈里。对方不肯和解，只会更加不快；再说，当初也是自己把迦尔洵的作品介绍给托尔斯泰的。

"是迦尔洵吗？——这人小说写得不错。不知你后来还读过他什么作品……"

"似乎还不错。"

托尔斯泰依旧冷冷的，随便应了一句……

屠格涅夫费劲地站起来，晃了一下白发苍苍的头，静静地在书斋里踱起步来。他走来走去，小桌上的烛光随之将他映在墙上的影子一忽儿变

1　迦尔洵（1855—1888），俄国作家，出身于贵族家庭，代表作有《四天》《胆小鬼》等。

大一忽儿变小。他背着两手，无精打采的眼神，始终默默地打量那张空无一物的床。

二十年来的友情，在屠格涅夫心里一幕幕鲜明地浮现起来。——冶游放荡，只有睡觉才回到彼得堡的家里，军官时代的那个托尔斯泰；在涅克拉索夫的客厅里，曾傲然望着屠格涅夫，沉醉于批判乔治·桑的托尔斯泰；漫步在斯巴斯科耶林间，驻足感叹夏日流云之美、写《三个轻骑兵》[1]时的托尔斯泰；还有，最后在费特家，怒目相视、紧握拳头、数落对方一切不是的托尔斯泰。这些回忆里，无论哪一件，都可看出托尔斯泰的倔强。在他眼中，别人真实的一面，一点都没有；别人的所作所为，他总认为是虚伪的。这倒不限于别人与他行事上发生矛盾的时候，即便别人和他同样放浪成性，他可以原谅自己，也不肯宽恕别人。倘如有人像他一样感叹夏日流云之美，他当即就会表示怀疑。他之所以憎恶乔治·桑，也是因

1　此处疑是托尔斯泰于1856年发表的短篇小说《两个骠骑兵》之讹。

为对她的真诚抱有怀疑。他和屠格涅夫曾一度绝交——包括这次，屠格涅夫说打中了山鹬，而他托尔斯泰，马上觉得嗅到了谎言的味道……

屠格涅夫深深叹了一口气，忽然在壁龛前停住脚。壁龛中的大理石像在远处烛光的映照下，影子摇曳不定——那是列夫的长兄，尼古拉·托尔斯泰的半身像。与自己情谊深重的尼古拉，已成为故人，不知不觉二十多年的岁月逝去了。如果列夫能够体谅别人，哪怕只有尼古拉的一半呢——屠格涅夫寂寞地一直凝视着昏暗的头像，全然不觉春夜已深……

翌日清晨，屠格涅夫提早到二楼的客厅，那是他们家特定的餐厅。客厅的墙上挂着托尔斯泰祖先的几幅肖像——托尔斯泰坐在其中一幅下面，正对着桌子看当天的信件。孩子们还没来，除他之外没有别人。

两位老人打了招呼。

这工夫，屠格涅夫察看着对方的脸色，只要

托尔斯泰略表好意，就准备立即与他和好。可托尔斯泰依旧那么不随和，说过三言两语，便又像先前一样闷声不响看他的信件。屠格涅夫无奈之下，就近拖了把椅子，坐下来默默地看报。

沉默的客厅里，除了茶炊沸腾的声音外，一切都静悄悄的。

"昨晚睡得好吧？"

看完信，不知托尔斯泰想起什么，这样问了屠格涅夫一句。

"睡得很好。"

屠格涅夫放下报纸，等着托尔斯泰再开口。可主人拿起镶着银把的茶杯，从茶炊里倒了些茶，又一言不发了。

一两次之后，屠格涅夫又像昨晚一样，看着托尔斯泰不愉快的表情，心情渐渐沉重起来。尤其今天早上没有旁人，他心里更加无所依托。要是托尔斯泰夫人能在场——他焦急地一再这么想着，可不知怎么回事，到现在还没一点来人的迹象。

　　五分钟、十分钟过去了——屠格涅夫终于忍无可忍，扔开报纸，踉跄站了起来。

　　这时，客厅外，忽然传来很多人的说话声和脚步声。他们争先恐后，"咚咚"地跑上楼梯——同时，门被一把推开，五六个孩子边喊着，边冲进了客厅。

　　"爸爸，找到啦。"

　　伊里亚站在前面，得意扬扬地晃动着手里拿的东西。

　　"是我先找到的。"

　　长得酷似母亲的塔吉亚娜毫不逊于弟弟，大声说着。

　　"可能是掉下来的时候给挂住了，挂在白杨树枝上。"

　　最后是大儿子谢尔盖这样解释道。

　　托尔斯泰吃惊地望着几个孩子，听说昨天打中的山鹬终于找到了，满是胡须的脸上蓦地绽开爽朗的笑容。

　　"是吗？挂在树枝上了？那狗自然是找不到

的啦。"

托尔斯泰从椅子上站了起来，走到和孩子们拥在一起的屠格涅夫身旁，伸出粗壮的右手。

"伊凡·谢尔盖耶维奇，这下我放心了。我这人是不说谎的，要是鸟掉在地上，朵拉准能找得到。"

屠格涅夫有些难为情，紧紧握着托尔斯泰的手。他找到的是山鹬呢，还是《安娜·卡列尼娜》的作者呢？——这位《父与子》的作者一时无法判断，激动得快要落下泪来。

"我也不是那种说谎的人。瞧瞧这双手，难道不能一发即中吗？枪声一响，鸟就像石头一样掉了下来……"

两人四目相对，不约而同大笑了起来。

大正九年（1920）十二月

（罗嘉　译）

火神阿耆尼 1

一

故事发生在中国上海的某条街道上。这是一栋即使在大白天，也显得昏暗无比的房子。楼上，一个面相狰狞的印度老妪和一个商人模样的美国人正起劲地商谈着什么。

"说实话，我这次来，是想请您给我算一卦……"说着，美国人重新点燃了一支香烟。

"算卦？眼下我已打定主意，不再给人算卦了，"老妪像在嘲弄人，眼睛滴溜溜地盯着对方的脸，继续说道，"这阵子呀，那号人可是越来越多了。就算你好心好意地给他算了命，他也不会好好报答的。"

"可我当然会酬谢您的，"美国人毫不吝啬地把一张三百美元的支票放在了老妪面前，"暂且先收下它吧。如果您的卦应验了，到时候我还会另付谢礼的。"

老妪一看见那张三百美元的支票，态度顿时就变得热情起来：

"接受如此丰厚的酬谢，反倒让我觉得很难为情呢——不过，话又说回来，您究竟想算什么卦呢？"

"我想请您算的是……"美国人嘴上叼着香烟，脸上浮现出狡黠的微笑，说道，"日美之间究竟几时会爆发战争？如果对此胸有成竹，那我们这些商人就能在转眼之间发上横财。"

"那么，请您明天再来吧，我会在此之前占卜停当的。"

"这样啊。好吧，那希望不要出现什么差错——"

印度老妪得意扬扬地挺起了胸膛："说起我算的卦，近五十年来还从没有出现过偏差。要知道，是火神阿耆尼亲自赐予我神谕哩。"

待美国人回去以后，老妪走到邻屋的门口高声喊道：

"惠莲！惠莲！"

应声而出的，是一个漂亮的中国女孩。但或许是饱经磨难的缘故吧，其上窄下宽的脸颊显得蜡黄。

"你在磨蹭什么呀？还真是从未见过像你这样厚颜无耻的女人呢。刚才你又在厨房里打盹偷懒吧？"

无论老妪怎么斥责，惠莲都只是一动不动地低着头，缄口不语。

"你给我好好听着，今天夜里，我又有事求教于火神阿耆尼，你先做好准备吧。"

女子面朝老妪黑漆漆的脸，抬起了略带伤感的眼睛。

"是今天夜里吗？"

"是的，今天夜里十二点。知道了吗？千万别忘了哟，"印度老妪就像在威胁人一样，举起了手指，"如果这次，你还像前不久那样给我找麻烦的话，那你可就没命了哟。要想杀死你，还不比勒死一只小鸡更容易吗？"

说着，老妪又蓦地蹙紧了眉头。她留神一看，不知何时惠莲已经走到了窗边，正从微微开启的窗户眺望着外面凄清的街道。

"你在看什么？"

惠莲的脸色变得越发苍白了。她再次抬起头来看着老妪的脸。

"好啊，好啊，你敢糊弄我，那就说明还教训得不够。"老妪瞪着一双杀气腾腾的眼睛，猛地抄起了放在旁边的扫帚。

而就在此时，好像有什么人来到了房间外面。果然，忽地响起了一阵粗暴的敲门声。

二

几乎是在那天的同一时刻，一个年轻的日本人正从这栋房屋的外面踯躅而过。刚一看见中国女孩从二楼窗户里探出的脸，他就像是惊呆了一样，久久地伫立在原地。

正在这时，一个上了年纪的中国人力车夫恰好经过这里。

"喂，喂，你知道那二楼上住的是谁吗？"日本人突然向人力车夫打听道。

那个中国人手里紧握着车辕，往高高的二楼上瞅了一眼，不无恐惧地回答道：

"你是说这上面吗？那儿住着一个不知叫什么的印度老太婆呢。"

说完，他就想匆匆地转身离开。

"请等等。那老太婆是做什么买卖的？"

"是一个占卜师。不过，听附近的人说，她还善于施魔法呢。哎，如果想保命的话，你最好别去招惹她。"

人力车夫离开以后，那个日本人还抱着双手思考着什么，但不一会儿就下定了决心，向那栋房子里面快步走去。楼里传来了那个中国女孩的哭声，间或夹杂着老太婆的谩骂声。一听见那哭声，日本人就三步并作一步，沿着昏暗的楼梯跨级而上，然后使出全身力气，猛敲老妪的房门。

门立刻打开了。但日本人进去一看，却只有印度老妪一个人站在那里。或许是藏进了隔壁的房间吧，这儿根本没有中国女孩的踪影。

"您有何贵干？"老妪满腹狐疑地审视着对方的脸。

"你是占卜师吧？"日本人交叉着双臂，回望着老妪。

"是的。"

"那么，不用问，也该知道我的目的吧。我来，也是想请你算一卦的。"

"你要算什么卦呢？"老妪的神色越发充满怀疑，观察着日本人的动静。

"我主人家的小姐在去年春天就失踪了，能不能请你给算个卦？"日本人每句话都说得铿锵有力，"我的主人是驻香港的日本领事，他家小姐的芳名就叫妙子。而我嘛，则是一介书生，名叫远藤。——怎么样？请问，小姐她现在何方？"

远藤一边说着，一边把手揣在上衣口袋里，掏出了一把手枪。

"难道不是在这附近吗？据警察调查的结果，掳走小姐的好像是一个印度人——倘若故意藏匿不报，是不会有好处的。"

但印度老妪没有露出半点胆怯的神情，不仅如此，嘴上还浮现出了一种轻蔑的微笑：

"你说什么呀？那样的千金小姐，我可是从来没有见过。"

"你撒谎！刚才从窗户里探出头来，朝外面张望着的那个人，肯定就是妙子小姐，"远藤用一只手紧攥着手枪，另一只手指了指隔壁房间的门说道，"不要再胡搅蛮缠了，快点把里面的中国人带出来吧！"

"那是我的养女啊。"老妪仍旧像是在嘲弄人一样，兀自嗤笑着。

"是不是养女，只要看一眼就会明白的。如果你不把她带出来，那就只好我自己进去看了。"

远藤试图闯进隔壁的房间。但说时迟那时快，印度老妪已经站在门口挡住了去路。

"这是我家，怎么能让你这个陌生人擅自闯入！"

"快让开！不让开的话，我就开枪杀人了！"

远藤举起了手枪。不，准确地说，是试图举起枪来。可就在那一刹那，老妪发出了如同乌鸦一般的叫声。与此同时，日本人就像遭到了电击一样，手枪陡然从手中滑落到了地面上。或许是备受惊吓的缘故吧，在那一瞬间里，就连英勇无畏的远藤也只能迷惑不解地环视着四周。但很快他就恢复了勇气，一边骂着"你这个滥施魔法的女妖"，一边像猛虎似的扑向老妪。

但那老妪可不是好惹的。只见她掉转身子，迅速抓起旁边的扫帚，将地板上的垃圾扫向扑过来的远藤脸上。顷刻间，那些垃圾化作火花，纷纷扬扬地散落在远藤的脸上，炙烤着他的眼睛和嘴巴。

这下，远藤终于招架不住了。被火花的旋风追逐着，他跌跌撞撞地逃到了房屋外面。

三

那天夜里将近十二点的时候，远藤一个人伫立在老妪的房子前面，心有不甘地注视着映照在二楼玻璃窗上的火光。

"好不容易找到了小姐的下落，却不能把她营救出来，这真是太遗憾了。索性去报警吧？不，不成。警察行动之迟缓，在当地也是众所周知、让人头痛的事情。万一这次又被她逃掉了，再想找到她，可就费事了。但话又说回来，对那个擅施魔法的女巫，即便动用手枪也是白搭呀……"

远藤就这样思索着。突然，从高高的二楼上飘下来一张纸条。

"哇，飘下来一张纸条呢——没准是小姐写的信。"远藤自言自语道。

于是，他一边捡起那张纸条，一边摸出了悄悄藏在衣服里的手电筒。借助手电筒射出的圆形光晕，他看见上面果然有铅笔写成的模糊字迹。他断定这就是妙子的手迹：

远藤君：

　　这个巫婆是一个会施魔法的可怕家伙，常常在夜半时分，请名叫阿耆尼的印度火神附在我的身上。在火神附体的那段时间里，我就像是死去了一样，所以我根本不知道发生了什么。但据巫婆说，火神阿耆尼会借助我的嘴巴，说出种种预言。今夜十二点，巫婆又要让火神阿耆尼附在我的身上。如果按平常的惯例，我会不知不觉地昏迷过去，但今天夜里，我想在昏迷之前，故意佯装成已经中了魔法的样子。然后，我会告诉她，如果不把我放回父亲那儿去，火神阿耆尼就会要了她的性命。巫婆对火神阿耆尼言听计从，因此听到上面的话，肯定就会放我回去吧。求求你，明天早晨再来一次。除了这个计谋以外，再也找不到可以逃出巫婆魔掌的其他办法了。再见。

远藤读完这封信，又看了看怀表，时针正好

指向十二点零五分。

"马上就要到时间了。敌人是一个擅施魔法的女巫，而小姐却还是一个孩子，如果不是运气特好的话，事情恐怕……"

不等远藤的话音落地，魔法似乎便已经开始了。只见二楼刚才还一直亮着灯的窗户，倏然间变得漆黑一团。与此同时，不知从什么地方，静静地飘来了一股神秘的线香气味。不仅如此，那气味甚至还渗透进了沿街的路石里。

四

这时，那个印度老妪正在黑灯瞎火的二楼，一边在桌子上摊开魔法秘籍，一边不停地念诵着咒语。尽管周遭一片黑暗，但在香炉的火光映照下，魔法秘籍上的文字还是依稀可见。

忧心忡忡的惠莲——不，是穿着中国服装的妙子——正一动不动地坐在老妪前面的椅子上。刚才从窗户上飘落下去的信件，是否已经平安地抵达远藤的手中？当时大街上的那个人影，想来应该就是远藤，可谁又能保证自己没有看错人呢？——想着想着，妙子不由得坐立不安起来。倘若一不留心，在老妪面前露出马脚，那么从这个可怕巫师家里逃离的计划，就会顷刻间败露无遗。所以，妙子只能把颤抖的双手紧按在一起，就像事先预谋的那样，迫不及待地等待着那一刻的来临，以便佯装火神阿耆尼已经附在自己身上。

老妪念诵完咒语后，一边围着妙子转圈，一边做出各种手势。时而伫立在妙子前面，将双手朝左右两边高高举起，时而转到妙子身后，就像是在玩蒙眼游戏一般，将手悄悄罩住妙子的前额。倘若此刻有人从房间外面瞧见老妪的这副模样，肯定以为是一只硕大的蝙蝠或者别的什么，正在香炉青白色的火光中左蹦右跳呢。

妙子就像往常一样，感到睡意渐渐攫住了自己。但如果真的就此睡去，那么好不容易制定的计谋就会化作泡影。而一旦计划流产，自己就再也无法回到父亲的怀抱了。

"日本的诸神啊，请你们务必保佑我保持清醒！如果能让我再见到父亲，哪怕是只有一面，让我当即死去也无怨言。日本的诸神，请你们赐予我力量，蒙骗过这个巫婆。"

妙子在心中重复着热切的祈祷，但睡意却越来越强烈地裹挟着她。与此同时，妙子的耳畔传来一种微弱而奇怪的音乐声，就仿佛有人在叩击着铜锣一样。这就是火神阿耆尼从空中降临时必然响起的声音。

此刻，无论她怎么忍耐，都无法抗拒那睡意了。这不，眼前香炉发出的火光，还有那印度老妪的身影，都在转眼之间消失殆尽了，恍若一场令人发愦的噩梦倏然退隐。

"火神阿耆尼，火神阿耆尼，求您答应我的请求！"

不久，巫婆就匍匐在地面上，发出了嘎哑的声音。这时，妙子坐在椅子上，不知不觉地酣然睡去，压根儿不知道自己是生是死。

五

妙子自不用说，就连巫婆也肯定以为没有人会看见自己这大耍魔法的场面。可事实上，有一个男人正透过房门的锁孔窥伺着里面的动静。他是谁呢？——就是书生远藤。

远藤在读了妙子的信以后，也一度想过，是不是就那样站在大街上等待黎明的降临。但一想到小姐的命运，他就再也无法保持镇静了。于是他像个盗贼一样溜进了老妪家里，跑到二楼上偷窥里面的光景。

不过，虽说是偷窥，但毕竟锁孔大小有限，所以就算他使出万般解数，也只能从正面看到妙子的脸庞。香炉发出的青白火光照射在她的脸上，她就恍若死人一般。而除此之外，桌子、魔法秘籍、匍匐在地板上的老妪，全都无法收入远藤的视野。

唯有巫婆那沙哑的嗓音传了过来，清晰得就仿佛来自手边一样。

"火神阿耆尼，火神阿耆尼，求您答应我的请求！"

巫婆刚一说完，就听见双目紧闭、端坐在椅子上、恍如已经停止了呼吸的妙子——突然开口说话了。但那分明是男人的粗鲁嗓音，很难想象是出自妙子这样的少女之口。

"不，我才不会答应你的要求呢！你背叛我的教诲，尽做不义之事，我打算从今天夜里起就摒弃你这个家伙。不，不仅如此，我还要对你的不义之举加以惩处！"

或许是惊呆了吧，老妪好久都一言不发，只是发出喘息般的声音。但妙子不顾巫婆的反应，继续庄严地说道：

"你从一位可怜的父亲那儿抢来了这个女孩。倘若你还想保全自己的性命，那就别拖延到明天，今天夜里就把她归还给父亲。"

远藤全神贯注地把眼睛对准锁孔，等待着巫

婆的回答。原以为巫婆会惊讶得目瞪口呆，谁知她竟发出一阵狰狞的笑声，蓦地欠起身来，威风凛凛地站在妙子前面。

"就算你作弄人，也该有个限度吧。你把我想成什么啦？我还不至于昏聩到能被你诓骗的地步。让我马上把你还给你父亲——火神阿耆尼又不是警察局长，哪有工夫管这种闲事呢？"

也不知是从什么地方掏出来的，只见老妪拿起一把匕首，向双目紧闭的妙子脸上径直逼去。

"喂，还是老实招来吧。是你在装神弄鬼，假扮火神阿耆尼的声音，对吧？"

尽管一开始就在观察着房间里的情形，可远藤也不可能知道，实际上妙子已经进入了睡眠状态。所以见此情景，远藤当然不由得心惊胆战，以为计谋已经败露。但妙子依旧纹丝不动，像是在嘲弄人似的回答道：

"看来，你也离死不远了。难道我的嗓音在你听来，等同于凡人的嗓音？要知道，我的嗓音无论多么低沉，也是火焰在天上熊熊燃烧的声音，难道你连这也不明白？如果不明白，那就随你的便好啦。我只是想问你一句：你是立即把这孩子归还回去，还是违背我的命令，一意孤行？"

巫婆似乎踌躇了一瞬间，但很快又打起精神，一只手握着匕首，另一只手则抓住妙子脖颈后面的头发，朝自己身边猛拽着，骂道：

"你这个小巫女！莫非还想抵赖不成？好吧，那就像事先说好的那样，要了你的这条狗命！"

说着，巫婆高高地举起了匕首。如果再拖延一分钟，妙子就会难逃一死。想到这里，远藤跳起身来，拼命撞击着锁闭的房门。但房门却不是那么轻易就能撞开的，无论他怎样使劲敲打，都只能徒增手上的伤口而已。

六

过了一会儿，黑暗的房间里突然响起了哇的一声叫喊，然后又传来了有人摔倒在地板上的声音。远藤像是疯子一样呼唤着妙子的名字，将所有的力气凝聚在肩膀上，一次又一次地朝房门撞击而去。

响起了木板断裂的声音、铁锁崩开的声音——房门终于被撞破了。但远藤最关心的乃是房间里面的情形。香炉里仍旧燃烧着青白色的火焰，而周遭却一片阒寂，俨然了无人迹一般。

借着火光，远藤战战兢兢地环视着四周。于是妙子霍然映入了他的眼帘。只见她依旧端坐在椅子上，像死人般一动不动。不知为什么，她的脑后恍若笼罩着一团圆光一样，在远藤心里唤起了一种庄严肃穆的感觉。

"小姐，小姐！"

远藤走到椅子旁边，将嘴巴凑近妙子的耳朵，拼命地叫喊着。

但妙子只是紧闭着双眼，一句话也不说。

"小姐，你一定要挺住呀！我是远藤。"

妙子这才如梦初醒似的微微睁开了双眼。

"是远藤君吗？"

"是的，我是远藤。已经没事了，你就放心好啦。我们还是赶快逃跑吧。"

妙子像是还处在半梦半醒中似的，发出了微弱的声音：

"计划失败了。因为我没有挺住，睡了过去……请你原谅我吧。"

"计划败露，其实不是你的错。就像和我约定的那样，你不是已经按照和我约定的那样，成功地佯装成被火神阿耆尼附体了吗？不过，现在怎么着都已经无所谓了，还是赶快逃跑要紧。"

远藤心急火燎地从椅子上抱起了妙子。

"你骗我！因为我睡着了，所以根本不可能知道自己说了些什么。"妙子把头偎依在远藤的怀里，嗫嚅道，"计划已经失败了，我是不可能逃出魔掌的……"

"怎么可能呢？和我一起逃跑吧，这一次可再也不能失败了。"

"可是，巫婆不是还在吗？"

"巫婆？"

远藤又一次来回打量着房间。桌子上跟先前一样摊开着魔法秘籍——而瘫倒在桌子下面的，就是那个印度老妪。出人意料的是，那个老妪竟然把匕首插在自己的胸口上，躺在血泊之中一命呜呼了。

"巫婆她怎么啦？"

"她已经死了。"

妙子抬起头看着远藤，皱起娥眉。

"我什么都不知道呢。莫非是——远藤你杀死了这个巫婆？"

远藤的目光从老太婆的尸体移到了妙子的脸上。就是在这一瞬间，远藤豁然明白了：今夜的计划确实是失败了——但倘若老妪因此丧命的话，那么，妙子不是就可以平安回家了吗？命运的力量多么神奇啊！

"不是我杀的。杀死这个巫婆的，是今夜降临

这儿的火神阿耆尼。"远藤搂抱着妙子，神情肃
穆地呢喃道。

大正九年（1920）十二月

（杨伟　译）

奇

遇

编辑　听说您要去中国旅行。是去南方，还是北方？

小说家　我打算由南至北周游一圈。

编辑　都准备好了吗？

小说家　是的，已经大体准备就绪。只是原本应该一读的纪行和地方志等尚未读完，有些不知所措。

编辑　（显得无精打采）那种书有很多吗？

小说家　远比想象的多。单说日本人写的，就有《七十八日游记》《中国文明记》《中国漫游记》《中国佛教遗物》《中国风俗》《中国人气质》《燕山楚水》《苏浙小观》《北清见闻录》《长江十年》《观光纪游》《征尘录》《满洲》《巴蜀》《湖南》《汉口》《中国风韵记》，还有……

编辑　您全都读了吗？

小说家　哪里，还一本都不曾过目呢。如果列举中国人写的书，更是有《大清一统志》《燕都游览志》《长安客话》，还有帝京 [1]……

编辑　行了，那些书名已经够多的了。

小说家　我想，我还尚未提及欧洲人撰写的书呢……

编辑　反正在欧洲人撰写的中国游记里，也没有什么值得一读的东西对吧？与讨论这些话题相比，更重要的是，您的小说能否赶在出发之前完稿。

小说家　（突然垂头丧气）哎，总之，我是打算在出发之前写完它的……

编辑　那您究竟几时出发呀？

1　可能是指明朝刘侗、于奕正撰写的《帝京景物略》。

小说家　不瞒你说，我计划今天就出发。

编辑　（不胜惊讶）就在今天？

小说家　嗯。想来应该乘坐五点钟的快车吧。

编辑　那么，离出发时间不是只有半个小时了吗？

小说家　算来就是那样的吧。

编辑　（面带愠色）那么，小说该如何是好？

小说家　（越发沮丧）我也正琢磨该如何是好呢。

编辑　如此不负责任，可真让人为难啊。不过，仅半个小时，也不可能让您来个急就章吧……

小说家　是啊。倘若是韦德金德[1]笔下的戏剧，那么在这半个小时里，倒很可能突然冒出某个怀才不遇的音乐家，或是让某个地方的某某夫人自寻短见，从而引出各种各样的突发事件——对了，请等等，没准在抽屉里还有什么尚未发表的文稿。

1　弗兰克·韦德金德（F. Wedekind，1864—1918），德国剧作家，表现派戏剧的先驱。

编辑　　倘若如此，那敢情好……

小说家　（一边在抽屉里东翻西找，一边说道）

　　　　　论文不成吧？

编辑　　是什么论文？

小说家　题目叫作《新闻报道对文艺的毒害》。

编辑　　那种论文可不成。

小说家　这个怎么样？若是论体裁的话，也该算

　　　　　是一篇小品吧……

编辑　　题目叫《奇遇》呢。写的什么内容？

小说家　你要不要读读看呢？只需要二十分钟就

　　　　　可以读完的……

　　　　故事发生在至顺[1]年间。在临长江的古金
陵城里，有一个名叫王生的青年。他不仅天
资聪颖，多才多艺，而且相貌英俊。人们都
称他为"奇俊王家郎"，由此可以推想其骄人
的风采。他年方二十，尚未娶妻成家，而家

1　至顺是元朝年号，自 1330 年至 1333 年，共计四年。

境又殷实丰厚，拥有一大笔父母留下的遗产。若是想穷尽诗酒之风流，他眼下的身份乃是再合适不过了。

实际上，王生也确实与好友赵生过着放荡不羁的生活，有时两个人结伴去听戏赏角，有时则聚在一起豪赌一场，抑或是围坐在秦淮河畔某家酒肆的餐桌旁，通宵达旦地开怀畅饮。每当这种时候，沉静的王生就会对着陶瓷花瓶，出神地倾听着从某个地方传来的歌声。而开朗的赵生则一边夹起醋拌螃蟹，呷着满杯的美酒，一边大肆对青楼名花品头论足。

不知为何，打去年秋天以来，王生就像是忘却了美酒的甘甜一般，突然不再开怀畅饮了。不，不仅不再开怀畅饮，甚至对吃喝嫖赌等诸多嗜好也都一概敬而远之。以赵生为代表的朋友们，无不对他的这种变化感到不可思议。有人说，或许是王生已经厌倦了诸如此类的乐趣。也有人说，很可能他在某个地方有了自己的意中人。但再三追问，王生都只是莞尔微笑，不言究竟。

这种情形持续了大约一年有余。某日，赵生到久违的王生家登门造访，王生拿出元稹[1]体的《会真诗》三十韵，称其为昨夜新作之诗。在华丽斑斓的对偶句里，不时流露出嗟叹之意。若非恋爱中的青年，无疑不可能成就如此诗句。赵生把诗稿归还给王生，一边狡黠地瞅着对方，一边说道：

"请问，你的莺莺[2]身在何处？"

"我的莺莺？哪里有呢？"

"你撒谎！比起雄辩，确凿的证据就是那只戒指。"

赵生指着眼前的桌子说道。只见翻开的书页上，有一只紫金碧甸子的指环，那指环

---

1 元稹（779—831），唐代诗人，也是小说《莺莺传》（另一名字为《会真记》）的作者。小说中的主人公张生曾创作了《会真诗》三十韵。而在构成本小说素材的《渭塘奇遇记》中，主人公王生也仿效着作了一首《会真诗》。

2 即元稹《莺莺传》中的女主人公。此处指代恋人。

的主人显然不是一个男人。王生用手拿起那指环，尽管脸上的表情黯淡了些许，却格外平静地缓缓道来：

"其实，压根儿就没有什么我的莺莺。不过，倒也的确有一个我中意的女人。自去年秋天以来，我不再和你们举杯痛饮，确实是那个女人的缘故。但她和我的关系，远远不是像你们想象的那种司空见惯的才子佳人之间的恋情。只如是说，你们仍旧难以理解事情的原委吧。不，如果仅仅难以理解倒还罢了，你们甚至很可能怀疑一切不啻无中生有。所以，尽管我并不情愿，但还是把整个事情的经过全盘告诉你吧。即使感到百无聊赖，也敬请听我讲完那个女人的事情吧。

"你也知道，我在松江一带是拥有田产的。每到秋天，为了收取年租，我都会亲自前往。恰好是在去年秋天去松江后回来的途中，木舟驶入渭塘一带时，我看见一家店头悬挂着青旗的酒肆。它掩映在柳树和槐树丛中，朱栏曲槛，缥缈如画，足见其规模不小。而在栏杆外生长着几十株芙蓉树，往河里投落下片片树影。我的喉咙干渴得厉害，遂吩咐艄公泊舟岸侧。

"上岸一看，果然不仅店堂又宽又大，主人也气宇不凡。并且，不仅上来的酒是竹叶青，就连下酒菜也是鲈鱼和螃蟹。你可想而知，我该何等心满意足。我忘记多时的旅愁，心旷神怡地喝起酒来。过了一会儿，我才注意到，有个人正在帷幕背后不时地偷觑我。但我刚一把目光掷向那儿，那人就又立刻躲回到帷幕的后面。而一旦我收回视线，那人的眼珠又开始滴溜溜地瞅着我看了。我总是感到，有翡翠簪子和纯金耳环在帷幕附近若隐若现，但又很难确定那种感觉是否属实。有一次好像那儿还掠过一张如花似玉的脸庞，但当我回过头仔细打量时，却只有帷幕不胜忧郁地耷拉在那儿了。反复几次，我也渐渐觉得喝酒有些无聊了，于是撂下几枚铜钱，速速返回木舟。

"可是那天晚上，当我独自在木舟上昏昏沉沉睡时，又在梦中去到那个悬挂着青旗的酒肆。虽然白天造访时没有留心，但这时我却发现，穿过数重房门，在最靠里的房舍背后，有一小小绣阁。绣阁前是漂亮的葡萄架，架下凿有水池。水池方圆盈丈，砌以文石。我记得，当我来到清澈的泉水边时，甚至能就着月光数清水中的一尾尾金鱼。水池左右栽种着两株垂丝桧，绿荫婆娑，恰好与墙垣结成一片翠绿的屏障。屏下是用石头砌筑的假山，真可谓巧夺天工。而石山上长满了金丝线、绣墩之类的青草，即使在料峭的寒意中也没有枯萎。我还记得，窗户间挂着一个雕花笼子，笼内养着一只绿色的鹦鹉。那鹦鹉一看见我，就忙不迭地招呼道：'晚上好！'而屋檐下垂着一对小木鹤，嘴里衔着的线香青烟袅袅。再看看窗户里面，只见桌上立有一古铜瓶，中间插着几根孔雀的尾巴毛。而放在旁边的毛笔和砚台等，无不显得朴素而雅致。墙上还悬挂着碧玉的洞箫，就像在等待着某个人一样。壁下贴着四幅金花纸笺，题诗于上。诗体模仿苏东坡的四时词，而书法则师承赵松雪[1]。那些诗我都一一记得，只是现在没有必要背诵出来罢了。更重要的是，我想请你听我讲述那玉人般的女人。她就那样独自端坐在月光皎洁的房间里。我从没有像看见她时那样，如此深切地感受到女人的美丽。"

"这就叫作'有美闺房秀，天人谪降来'[2]吧。"

赵生微笑着，振振有词地吟诵起刚才看见的那首《会真诗》的头两句。

"嗯，正是如此吧。"

尽管说是想悉数道来，可刚一说到这儿，

---

1 赵松雪（1254—1322），即赵孟頫。

2 见《渭塘奇遇记》原文。《渭塘奇遇记》，收录于《剪灯新话》，本篇小说即取材于此。

王生就又缄口不语了。赵生急不可耐地悄悄捅了捅王生的膝盖。

"那以后又怎么啦？"

"然后我们在一起说了话。"

"说完话以后呢？"

"那女人又吹了玉箫给我听。我想，她吹的曲子就是《落梅风》吧。"

"仅此而已吗？"

"然后，我们又在一起说了话。"

"那以后呢？"

"那以后我就突然醒了过来。睁开眼一看，就像刚才一样，我还睡在木舟上。从船舱望出去，只见皓月当空，到处是一望无际的浩渺江水。当时那种凄凉的心境，即便告诉天下之人，恐怕也没有一个人能够理解吧。

"那以后，我心里一直惦念着这个女人。就算在回到金陵以后，每晚只要我一进入梦乡，神奇的是，那栋房屋就必定会出现在我的梦中。前天晚上，当我把水晶的双鱼扇坠赠送给那女人之后，她竟也拔下紫金碧甸子的指环回赠予我。就在这时，我醒了过来，发现扇坠的确是不翼而飞了，而不知什么时候，我的枕头边却多出了这只指环。看来，见过女人这件事并非完全是我在做梦呢。但设若问我，这不是梦，那又是什么呢？——我也会顿时哑然失语的。

"就假设那是一场梦吧，可除了在梦中，我还不曾真的见过那家的千金小姐。不，那家是否真的有一个千金小姐，其实我也并不清楚。不过，即便世上并没有那样一个女子存在，我也很难想象，自己对她的爱慕之心会发生改变。我想，只要我还活着，就不能不怀念那个与水池、葡萄架，还有绿色的鹦鹉一起翩然出现在我梦中的女子。我要说的就是这些。"

"的确，是与那些司空见惯的才子佳人之间的爱情大相径庭呢。"

赵生不无怜悯地把目光投在王生的脸上。

"那么，从那以后，你就再也没有造访过那家酒肆了吗？"

"嗯，一次也不曾去过。不过，只要再过十天，我就又要下松江了，途经渭塘时，我打算让木舟在那家酒肆的岸边稍事停泊。"

那以后又过了十天左右，王生按照惯例，备好船只下松江去了。当他回到金陵时，以赵生为首的友人看见那个与他结伴下船的少女竟然如此美丽，不禁惊讶万分。据说少女经常梦见王生的身影——就是去年秋天，她在闺房的窗际一边喂养绿色的鹦鹉，一边从帷幕背后偷偷窥见王生的身影。

"说世上有神奇的事情，倒果真是有呢。据说少女的枕头边，不知什么时候也多出了一个水晶的双鱼扇坠呢。"

关于王生的奇遇，赵生逢人便会大讲特

讲。最后，这件趣闻传到了钱塘文人瞿佑[1]的耳朵里。于是，瞿佑据此写下了美丽的《渭塘奇遇记》……

小说家 怎么样，照这样写下去的话？

编辑 非常富于浪漫情调，这一点非常可取。我就姑且要了这篇小品吧。

小说家 请等等，后面还剩下了一小部分。对了，我是读到这里了吧——据此写下了美丽的《渭塘奇遇记》。

　　但是，钱塘的瞿佑自不用说，就连赵生等众友人都蒙在鼓里。当载着王生夫妇的彩船离开渭塘的酒肆之际，在王生和少女之间曾有过这样一段对话：

　　"戏终于平安地演完了。我对令尊大人说，我每天都梦见你。当我说出这种小说似

1　瞿佑（1347—1433），元末明初文学家。小说《剪灯新活》即其作品。

的谎言时，内心不知打了多少个寒战。"

"我也对此好生担心呢。你对金陵的朋友也撒谎了吧？"

"嗯，也撒谎了。最初我什么都没有说，但偶然被朋友发现了这只指环，才不得已把本该对令尊大人说的谎又对朋友说了一遍，说我在梦中什么的……"

"那么说来，还没有其他人知道事情的真相呢，也就是去年秋天你悄悄溜进我房间的那件事……"

"我知道，我知道！"

两个人大吃了一惊，循着声音望过去，不禁笑了起来。只见吊在帆柱上的雕花笼子里，绿色的鹦鹉正机灵地俯瞰着王生和少女……

编辑　　这分明是画蛇添足嘛。好不容易激发起读者的兴趣，不是被它一下子浇灭了吗？如果是在杂志上发表这篇小品的话，无

　　　　论如何请允许我删掉这最后一段。

小说家　还没读完呢。再有一小段就结尾了，请
　　　　你再忍耐一下听完它吧。

　　　　但是，钱塘的瞿佑自不用说，就连心中
充满幸福的王生夫妇也无从得知，彩船驶离
渭塘之后，在少女的父母之间曾经有过下面
的对话。父母伫立在水边那些杨柳和槐树的
树荫里，目送着船影渐渐远去。

　　　　"孩子他妈！"

　　　　"孩子他爹！"

　　　　"戏演到这儿，也算是平安无事地结束了
吧。想来，没有比这更值得庆幸的喜事了。"

　　　　"的确，再也不可能有比这更值得庆幸的
喜事了。只是当我听到女儿和女婿勉为其难
地撒谎时，那真是莫大的痛苦啊。只因你吩
咐我保持沉默，装着什么也不知道，所以我
才拼命地忍住了。其实，事到如今即使不撒
那种谎，他们不是也同样能缔结良缘吗？"

"哎，你就别再啰唆了。是女儿和女婿觉得难为情，才绞尽脑汁编出了那种谎言的。而且，站在女婿的立场上，或许会觉得，如果不那么说，我们是不肯轻易把独生女儿嫁给他的吧。孩子他妈，你这是怎么啦？在如此大喜的婚礼上，竟老是哭个不停，这不是对不住人吗？"

"孩子他爹，你自己不是也在哭吗？还责怪别人……"

小说家　再有五六页就结束了，是不是把剩下的几页也一起读了？

编辑　不，下面的部分已经不用了，请把原稿给我一下。看来，倘若我保持沉默，作品会变得越来越糟糕的。我觉得，倒是在中途戛然而止还要精彩得多——总之，这个小品我要定了，你就先有个思想准备吧。

小说家　如果从那里开始就删掉的话，我可不

　　　　　答应……

编辑　　哇，你再不抓紧时间，就赶不上五点的
　　　　　快车了。至于稿子的事情，你就别记挂
　　　　　在心了，还是赶快叫辆车来吧！

小说家　是吗？那可真够麻烦的。这就再见了，
　　　　　还请你多多关照。

编辑　　再见了！祝你一路顺风！

　　　　　　　　　　　　　大正十年（1921）三月

　　　　　　　　　　　　　　　　（杨伟　译）

往生画卷 1

一 把与佛结缘，最后走向极乐世界的经历绘成画卷。

孩童 哇，那儿来了个奇怪的法师呢，你们看啊！
你们看啊！

寿司女贩 果真是一个奇怪的法师呢，居然一边
敲着铜锣，一边大声地叫喊着什么。

卖柴老翁 或许是因为耳背吧，我压根儿就听不
清，他在喊些什么？

锤箔男人 喊的是"喂，喂，阿弥陀佛"呢。

卖柴老翁 哈哈——那么说来，倒真是个疯子。

锤箔男人 哎，恐怕就是那样吧。

卖菜老妪 不，没准是尊贵的上人呢。我还是趁
现在先拜为敬吧。

寿司女贩 话是那么说，可他不是分明长着一张
吓人的面孔吗？长着那种面相的上人，就是

打着灯笼也找不到吧。

卖菜老妪 瞧你，都说了些什么造孽的话呀！若是遭了报应，看你如何担待得起？

孩童 疯子！疯子！

五位入道 喂，喂，阿弥陀佛！

狗 汪汪——汪汪。

拜神之妇女 瞧，前面来了个滑稽的法师。

同伴 那种混蛋，一看见女人，难保不动邪念啊。趁他还没有靠近，你赶快换到这边的道上来吧。

铸件工匠 哇，那不是多度的五位殿下吗？

水银商贩 尽管弄不清他是五位殿下还是别的什么，但有一点我倒是知道，他是突然放下弓箭出家入道的，这事还在多度引起了轩然大波呢。

青年武士 果然是五位殿下，他的妻室儿女一定在喟然长叹吧。

水银商贩 据说，他的妻室儿女一直以泪洗面。

铸件工匠 不过，既然甘愿舍弃妻室儿女，决计要遁入佛门，想必是胸怀勇志吧。

干鱼女贩　这算什么勇志呀？若是站在妻儿的立场上想，不管是佛陀，还是其他女人，只要夺走了自己的男人，就无疑是其仇恨的对象呗。

青年武士　哇，居然这也能成为理由之一。哈哈哈哈哈。

狗　汪汪——汪汪。

五位入道　喂，喂，阿弥陀佛！

骑马的武士　哎，怎么连马都受到了惊吓？驾！驾！

身背木柜的随从　对疯子可是一筹莫展啊。

老尼姑　如你们所知，那个法师曾是个杀生成性的恶人，但如今却出家信佛了。

小尼姑　的确，曾经是一个可怕恶徒呢。不光上山打猎，下河捕鱼，还远远地向乞丐射箭。

手拄木屐蹭行的乞丐　真算是在好时候遇见了他。要是再早个两三天，没准我的身上已经被他用箭射了个窟窿吧。

卖板栗和核桃的商贩 像这种杀人不眨眼的恶鬼，怎么也会想到削发为僧呢？

老尼姑 嗯，这倒确实是有些不可思议，但或许也是佛陀的旨意吧。

卖油商贩 我琢磨着，肯定是被天狗或别的什么附体了吧。

卖板栗和核桃的商贩 不，我猜想是被狐狸精附了体。

卖油商贩 可天狗不是很容易修炼成佛吗？

卖板栗和核桃的商贩 你说什么呀？能够修炼成佛的，又不是只有天狗。据说狐狸也能立地成佛呢。

手拄木屐蹭行的乞丐 哎，还是趁着这工夫，去把板栗偷过来，藏进脖子上的口袋里吧。

小尼姑 也许是被那铜锣声吓住了吧，瞧那些鸡，不是全都飞上了屋顶吗？

五位入道 喂，喂，阿弥陀佛！

钓鱼的贱民 哇，是那个吵死人的法师过来了。

同行者 怎么回事？瞧，那个在地上蹭着行走的乞丐也跑过去了。

罩着斗笠面纱的女旅行者　我的脚都走得酸痛了，
　　真想借那乞丐的脚来用用啊。

身背皮箱的随从　只要一跨过这座桥，马上就到
　　城里了。

钓鱼的贱民　真想瞧一眼，那斗笠面纱里面的人
　　究竟是个啥模样。

同行者　哇，就在你左顾右盼的时候，鱼饵已经
　　被叼走了哟。

五位入道　喂，喂，阿弥陀佛！

乌鸦　嘎——嘎——

插秧的妇人　"子规啊，你呀，你这个坏东西呀，
　　只因你叫了，我们才下田里呀！[1]"

同行者　瞧，这不就是那个奇怪的法师吗？

乌鸦　嘎——嘎——

五位入道　喂，喂，阿弥陀佛！

1　此为《枕草子》第 227 段中的插秧歌。

人声暂时停息了。周遭只传来风中的松涛声。

五位入道　喂，喂，阿弥陀佛！

年迈的法师　小僧，小僧。

五位入道　您是在叫鄙人吗？

年迈的法师　当然是。请问，小僧前往何处？

五位入道　前往西方。

年迈的法师　西方乃是大海。

五位入道　纵然是大海，也在所不辞。鄙人将一
　　　　直西行，不见到阿弥陀佛绝不罢休。

年迈的法师　这就着实奇怪了。那么，小僧是认
　　　　为，立刻就能亲眼见到阿弥陀佛了？

五位入道　如果不是这样想，鄙人又怎么会如此
　　　　大声地叫唤佛陀的名字呢？鄙人削发出家，
　　　　也是为了这个目的。

年迈的法师　其间是否有着什么隐情？

五位入道　不，并不存在什么隐情。只是在前天
　　　　狩猎归来的途中，听见某个讲法者正在宣讲

佛法。据他说，无论是犯有何种破戒之罪的恶人，只要承蒙阿弥陀佛的知遇，就都能进入西方净土。听闻此言，鄙人蓦地因渴念阿弥陀佛而周身热血沸腾……

年迈的法师 那以后，小僧又是如何行事的？

五位入道 鄙人立刻把讲法者拽将过来，掀倒在地。

年迈的法师 什么？你把他掀倒在地？

五位入道 然后拔出大刀，抵住讲法者的胸口，追问他阿弥陀佛的下落。

年迈的法师 这种问法也真够稀奇古怪的。想必讲法者一定是瞠目结舌吧。

五位入道 他痛苦地向上翻着白眼，连声说道：在西边，在西边。——瞧，说着说着，都已经日落西山了。哎，路途上耽搁得越久，在阿弥陀佛面前就越是诚惶诚恐。所以，我还是打住话头，就此赶路吧！——喂，喂，阿弥陀佛！

年迈的法师 哎，万万没有想到，竟然遇上了一
个疯子。算了，我也就此打道回府吧。

再度传来了松涛的声音。还有波浪的声音。

五位入道 喂，喂，阿弥陀佛！

波浪声。时而还有各种鸟类的声音：唧——
唧——

五位入道 喂，喂，阿弥陀佛！——怎么，这海
滨就连一艘船影也看不到。映入眼帘的，唯
有滚滚波涛。阿弥陀佛居住的圣所，或许就
在那波涛的对面吧。倘若我是一只鸟儿，便
可以纵身飞渡而去……可是，既然那个讲法
之人说了，阿弥陀佛的慈悲是广大无边的，
那么，只要我一直呼唤佛陀的名字，那他就
不至于不理不睬吧。否则，我便只能一直呼

唤他的名字，直到死去。所幸的是，这儿的
枯木已经又抽出了新枝，那就姑且先登上枝
头吧。——喂，喂，阿弥陀佛！

再次传来了波浪声。哗啦——哗啦——

年迈的法师　自从遇见那个疯子以后，今天已经
　　是第七天了。他还说，他要去亲眼谒见阿
　　弥陀佛的肉身呢。那以后，他又去了哪儿
　　呢？——哇，有人趴在这棵枯树上呢。不用
　　说，他肯定就是那个法师了。喂，小僧，小
　　僧……他一声不吭，也没什么可奇怪的，因
　　为不知什么时候，他已经断了气。瞧他身上，
　　居然连只食品袋也没有，想必是饿死的吧。
　　真是可怜啊。

三度传来了波浪声。哗啦——哗啦——
哗啦——

年迈的法师　就这样把他丢在树枝上不管，没准
会被乌鸦叼食吧。或许一切都是前世的因缘。
我是不是该把他安葬了呢？——哇，这是怎
么回事？瞧这法师的尸体！他的嘴巴里，竟
然绽放着一朵雪白的莲花呢。怪不得一到这
里，就觉得周围弥漫着一股异样的芳香。如
此说来，那个我以为是疯子的家伙，其实乃
是一位尊贵的上人吧？我一无所知，竟然说
了好些无礼的话，实在是罪过。啊，南无阿
弥陀佛，南无阿弥陀佛，南无阿弥陀佛。

大正十年（1921）三月

（杨伟　译）

好

色

平中[1]身为好色之人，对宫中侍女自不待言，就是对良家闺女也无不染指。

——《宇治拾遗物语》

平中誓与伊人相见，最后竟病魔缠身，因相思而死。

——《今昔物语》

所谓好色之人，正乃如此作为也。

——《十训抄》

---

1 即平贞文（？—923），《古今集》的歌人。关于他的风流韵事广为流传，有以他为主人公的《平中物语》。他与在原业平一样，在政界不得志，却都擅长和歌。这两位贵公子正是平安时代花花公子的代表。

一　画姿

　　在与太平盛世颇为吻合的、优雅醒目的礼帽下面，一张上窄下宽的脸正朝这边打量。胖乎乎的脸颊上，泛着一层鲜艳的红晕，倒不是因为擦了胭脂，而是他那男人鲜有的光滑肌肤自然渗透出的好看血色罢了。在雅致的鼻子下面——不如说是在薄薄的嘴唇两侧——蓄着几许胡须，恰如刷上了一层淡淡的黑墨。在那富有光泽的鬓发上，映现出恍若不见一丝云霓的天空的青蓝色彩。鬓发的尽头，只能看见一对略微上翘的耳垂。它们之所以呈现出文蛤般的暖色，似乎是多亏了那些并不强烈的光线。他那双比一般人更细长的眼睛里，总是飘漾着微笑，飘漾着那种晴朗而灿烂的微笑，让人不禁觉得，在那瞳孔的深处，是不是浮现着樱花常开的枝梢。但只要稍微留神一看就会知道，那儿并不一定只驻留着幸福这一样东西。那是对某种遥遥的事物不胜惆怅的微笑，同时也是对身边的一切抱着轻蔑的微笑。与脸庞相比，他的脖子未免显得过于纤细。他穿着一件用香熏过的、油菜花颜色的绸子礼服。这礼服的衣襟和白色汗衫的衣襟，在他的脖子上显得泾渭分明。而在他脸庞后面隐约可见的，到底是织有仙鹤图案的屏风呢，还是在闲静的山脚画着赤松的拉窗呢？总之，那儿弥漫着一片如同灰暗的水银般的鱼肚白……

这就是从古老的故事中浮现在我眼前的，所谓"天下第一好色之人"平贞文的肖像，也就是有着平中这个诨名（据说平好风膝下有三个公子，平贞文因生为次子而得名）的我的唐璜[1]肖像。

二　樱花

平中倚靠在墙柱上，漫不经心地眺望着樱花。看来，延伸到屋檐下的樱花，业已过了盛开的佳

---

[1] 西班牙传说中的风流才子，其形象经常出现在西方的歌剧和诗歌中。

期。花瓣的红色已经消退，漫长的晌午阳光在纵横交错的枝头上，投落下错综复杂的阴翳。然而，尽管平中的眼睛盯着樱花，可心思却不在樱花上。从刚才起，他就一直漫无边际地思忖着侍从[1]的事情。

"第一次看到侍从，是在……"他就这样回想着，"是啊，第一次看到侍从，是在什么时候呢？对了对了，既然说是去参拜稻荷神社的时候，那肯定是在二月的第一个午日喽。当时，那女人正要躬身钻进车里，而我碰巧从那里经过——说来，这就是整件事情的开端。她把扇子举在头上遮阴，所以只能隐约窥她的脸庞。她在大红和黄绿相间的和服上披了件紫色的上衣，漂亮得简直难以言喻。当时她正要钻进车里去，用一只手提着裤裙，微弓着身子——这情景同样是美妙绝伦。尽管本院大臣的府上有不少的侍女，但此等美人却绝无仅有。若是面对这样的绝色美女，就算说我平中

1　左兵卫佐在原栋梁的女儿，是侍奉左大臣藤原时平的女官之一。

陷入了情网，又何尝不可……"突然平中的表情变得严肃了起来，"可我真的是陷入情网了吗？如果说是如此，就好像真的如此似的，但如果说并非如此，就又好像并非如此似的……这种事是越想越糊涂的，所以就权当是那样吧。不过，既然事情是发生在我身上，那么，无论怎么为情所困，也绝不至于神魂颠倒吧。记得曾与范实那家伙一道聊起侍从的闲话，他装模作样地说，曾听人说起，侍从的头发太过稀疏，乃是一大遗憾。其实，我第一眼就注意到了。范实之类的家伙，尽管是会吹一点筚篥，可一涉及好色的话题，他就……哎，算了，还是别管那家伙了吧。眼下我的全部心思都只在侍从一人身上……不过，倘若要吹毛求疵的话，可以说，她的脸也未免显得过于凄寂了一点。但如果说仅仅是过于凄寂，那么，脸上的某个地方理应有着如同古画般的优雅吧，可却并非如此，相反，隐藏着某种近于薄情的镇定。无论怎么想，让人有些放心不下。即便是女人，大凡长着那种面孔的人，都格外目中无人。再说，她的肤色也算不得白皙，即便不能说是黝黑，但至少也接近于琥珀色。不过，无论什么时候看过去，那女人都让你产生一种冲动，想冲上去把她抱在怀里。这的确是任何女人都无法仿效的特殊才能吧……"

平中一边双膝跪地，一边出神地仰望着屋檐外面的天空。只见天空在簇拥着的花丛中投下柔和的淡蓝色彩。

"可是，近来不管怎样传递书信，她都不置一词。人再固执也该有个限度吧。唉，凡是我追求的女人，大都在捎去第三封信的时候向我俯首称臣。即使其中偶尔有倔强的女人，也没有扛过五封信的。比如那个名叫慧眼的法师之女，我仅凭一首和歌就让她坠入了情网。并且，那还不是我作的和歌呢，而是别人——对了，是义辅作的和歌。据说义辅曾把这首和歌送给一个愣头愣脑的小女官，结果对方根本就不理不睬。即便是同一首和歌，倘若出自我之手，恐怕结果就大相径庭了吧——得了得了，就算是我写的，侍从不是也照样没有回信吗？看来，人是不能过于骄傲了。不过，凡是我发出的情书，女人都必定会给我回信的。一旦有了回信，就可以见上一面；而一旦见了面，就不免会一阵骚动；而一阵骚动之后——也就立刻厌腻了。这就是整件事情的必然过程。

"然而一个月以来，我已经给侍从写了近二十封情书，她却只字未回。单说情书的文体吧，也不可能永无止境地变化呀，没准不久就该文思枯竭了吧。但在今天写给她的情书里，我是这样写的：'至少请你回我二字——已阅。'想必今天总该给我回个音信吧。怎么，还是没有？倘若今天还没有回音的话，那该如何是好呢？——唉，迄今为止，我都不是那种会为这种事丧失骨气的没有出息的家伙。据说丰乐院的老狐狸变成了一个女人，想必她就是那狐狸精的化身吧，所以才会这样的。即便同样是狐狸，奈良坂的狐狸变成了足足有三抱粗的杉树，嵯峨的狐狸变成了一辆牛车，高羊川的狐狸变成了一个女童，而桃园的狐狸则变成了一个硕大的水池——好啦好啦，狐狸的事情怎么着都行啊。唉，我刚才都想了些什么呢？"

平中抬头仰望着天空，悄悄遏制住欲打的哈欠。从掩映在花丛中的屋檐上，可以看见不时有白色的东西在开始西斜的日光里翻飞而来。某个地方还有鸽子在鸣叫。

"总之，在那个女人面前，我恐怕只有投降认输了。即使不肯答应和我见面，但只要说上一次话，我就可以让她束手就擒，更别说厮守一夜……不管是那个摄津，还是那个小中将，在不认识我的时候，都一直对男人讨厌有加。可一旦经过我的调教，不是都变得风情万种了吗？就说这个侍从吧，也远非什么用金属打造的佛像，所以不可能自恃清高，刀枪不入吧。不过，一旦真的到了那一步，她该不会像小中将那样感到害臊吧，也不会像摄津那样故作矜持吧。定会用衣袖遮住自己的嘴，只露出含笑的眼眸……"

"大人……"

"事情反正都是发生在晚上，所以那儿肯定点着那种低矮的灯台或者别的什么吧。只见灯光照在她的头发上……"

"大人……"

平中这才惊慌失措地把戴着礼帽的脑袋转向身后。一看，侍童不知何时已经站在背后，一动不动地低着头，掏出了一封信来。看得出他正拼命地忍笑。

"是捎来的信吗？"

"是的，从侍从那儿。"

侍童刚一说完，就从主人面前匆匆地退下了。

"从侍从那儿？此话当真？"

平中战战兢兢地摊开了一张薄薄的蓝色信笺。

"会不会是范实、义辅之流的恶作剧？他们是最喜欢这样捣蛋的闲人了……不，这的确是侍从写的信呢。肯定是侍从的信——可是，这叫什么信啊！"

平中把信撂在了一边。在捎去的信上写了"至少请你回我二字——已阅"，结果，回信果真只写了"已阅"两个字。而且，这两个字还是从平中的信里剪下来，贴在信笺上的。

"唉，号称天下第一好色之人的我，居然也被如此作弄，真是脸面丢尽啊。虽说如此，这个侍从不也是一个够讨厌的女人吗？等着瞧，看我怎样收拾你吧……"

平中抱住膝盖，茫然仰望着樱花树梢。在茂密的绿叶上面，被风吹落的花瓣正星星点点地凋零着。

三　雨夜

那以后又过了两个月，在一个下着绵绵细雨的夜晚，平中一个人悄悄溜进了本院侍从的房间。雨点发出凄厉的响声，仿佛夜空就要融化殆尽，陷落下来一般。道路与其说是泥泞不堪，不如说是就跟爆发了洪水别无两样。在这样的夜晚还特意出门，不用说，再绝情的侍从也会大动恻隐之心吧——打着这样的算盘，平中悄悄溜到侍从的房间门口，一边摇响镶着银边的扇子，一边清了清喉咙，催促里面的人开门。

于是，马上出现了一个十五六岁的女童。她早熟的脸上略施粉黛，一副困倦的表情。平中凑近她，小声地央求她向侍从通报自己的来访。

女童一度退进屋子里，然后又回到门口，依旧是小声地回答道：

"请在这边稍事等候，据说等大家歇息之后再来见您。"

平中不由得微笑了。他按照女童的吩咐，在与侍从的房间紧挨着的拉门旁边坐了下来。

"我不愧是一个神机妙算之人。"

女童退走之后，平中兀自发出了嗤笑。

"看来，这一次就连侍从也终于被折服了。总之，女人这种尤物，就是特别容易被哀愁所打动。只要恰到好处地对她们表现出好意，她们就会马上落入圈套。正因为不懂这些要领，义辅和范实之流才会……不，且慢！如果说今夜就能见到她，似乎想得太美了吧。"

平中渐渐变得不安起来。

"可是，如果不见我，也就不可能答应说要见我吧。莫非是我太多疑了？要知道，前前后后一共给她写了六十封情书，可一封回信也没有收到，所以我变得多疑也是情有可原的吧。不过，倘若不是的话——再转念一想，又觉得并非自己多疑。此前一直不理不睬的侍从，今天无论怎样碍于我的好意，也不至于如此爽快就……话虽这么说，可这次的对象是我呀。想到自己受到平中如此的厚待，或许就连她那封冻的心灵也在顷刻间融化了吧。"

平中一边整理着衣服的掩襟，一边惴惴不安地打量着四周。然而在他的周围，除了黑暗就再也看不见任何东西了，唯有雨水敲打着扁柏树皮的屋顶。

"如果认为是自己太多疑，那就是吧，而如果认为不是，那么也就不是吧——不，如果认定是自己太多疑，或许反倒会变成不是多疑了吧。而如果认定并非自己多疑，或许反倒会真的以多疑而收场吧。所谓命运有时就是这样捉弄人。看来，还是要把什么都拼命想成并非自己太多疑才好。这样一来，侍从就会马上……哇，大伙儿不是已经开始睡觉了吗？"

平中侧耳倾听着周遭的动静。果然，与淅淅沥沥的雨声一起，传来了一阵嘈杂的人声。看来，聚集在大臣夫人那里的女官们已经分头回到了各自的房间。

"现在是最考验耐力的时候了。只要再过半个小时，我多日的相思就会轻松地得到排解。但不知为什么，在内心深处，总觉得不能掉以轻心。对了，这样好啦，就认定自己见不到她吧，如此一来，或许见到她反倒能够喜出望外了。但是，捉弄人的命运没准会看穿我的如意算盘。那么，就认定能够见面吧？可这又显得过分精于算计，所以反倒不会如我所愿了……啊，我的胸口都在发痛了。还不如索性想一些与侍从无关的事情吧。这不，所有的房间都变得安静下来，能够听见的就唯有雨声了。那么，干脆闭上眼睛，想想雨什么的吧。春雨、梅雨、黄昏的骤雨、秋雨……有秋雨这个词吗？秋雨、冬雨、屋檐上的雨、漏雨、雨伞、祈雨、雨龙、雨蛙、雨罩、避雨……"

就在这样思忖着的时候，一阵出乎意料的响声惊动了平中的耳朵。不，不仅仅是震惊。听见这响声之后，平中就像是某个拜谒了佛陀的虔诚法师一样，脸上洋溢起了喜悦的神情。因为从拉门的对面清楚地传来了有人打开锁扣的声音。

平中试着拽了拽拉门。就像他预想的那样，拉门顺着门槛一下子滑开了。拉门的对面一片黑暗，弥漫着一种不知从哪里传出的香味，让人觉得颇有些神奇。平中静静地关上了拉门，用膝盖拄在地上，摸索着向里面移动。但在这萦绕着娇媚气氛的黑暗中，除了天花板上传来的雨声之外，便再也感觉不到任何其他事物的存在了。偶尔觉得自己的手触摸到了什么，也不外乎衣架和梳妆台之类的东西。平中感到自己的心正跳得越来越剧烈。

"莫非她不在？倘若在的话，总该吭吭声吧。"

就在这样琢磨着的当口，平中的手偶然地触摸到了女人的纤纤玉手。然后他又用手继续摸索，摸到了像是丝绸质地的上衣袖口，还有衣服下面的乳房，接着是圆圆的脸颊和下巴，最后触摸到了比冰块更冷彻骨髓的秀发——就这样，平中终于摸索到了躺在黑暗中纹丝不动的侍从，那个令他梦魂牵萦的女人。

这既不是做梦，也不是幻觉。侍从就那样只披着一件上衣，不加修饰地躺在平中的鼻子跟前。他蜷缩在那儿，情不自禁地颤抖起来，但侍从仍旧没有表现出要动弹的迹象。平中感到，这情景好像曾经出现在某部草子作品中，要不就是出现在几年前在正殿里借助点燃的油灯看见的某幅画卷里。

"谢谢，谢谢。迄今为止，我还一直以为你是一个冷酷的女人呢。但从今以后，我决定，与其把自己的性命奉献给佛祖，还不如托付给你呢。"

平中一边把侍从拽向自己身边，一边想这样

在对方的耳畔轻声低语。但不管他如何心急火燎，舌头都被紧紧黏附在上颚上，无法发出像样的声音来。不久，侍从头发上的气息，还有温暖肌肤的气息，都一股脑儿向他裹挟而来——就在他这么思忖着的时候，侍从发出的轻微呼吸又扑打在了他的脸上。

一瞬间——这一瞬间一旦过去，他们就必定会浸润在爱欲的暴风雨之中，以至于忘却了雨声，忘却了不知从哪里传出的香味，忘却了本院的大臣，还有就在附近的女童吧。可就在这节骨眼上，侍从欠起上半身，脸贴近平中的脸，用羞怯的声音说道：

"请等等。那边的隔扇好像还没有上闩呢，我这就去上了闩再回来。"

平中只是点了点头。于是，侍从在两个人的褥子上留下散发着宜人气息的温暖，站起身悄悄走开了。

"春雨、侍从、阿弥陀如来、避雨、从屋檐流下的雨滴、侍从、侍从……"

平中一直睁着双眼，思索着种种连自己都懵然不知的事情。这时，从对面的黑暗中传来了倒上门闩的咔嚓响声。

"雨龙、香炉、雨夜鉴花、'暗中迷惑甚，真面识何曾，不及中宵梦，依稀尚可凭'[1]、'梦里应相见……'[2]怎么回事？门闩不是早就插上了吗？可……"

平中抬起头一看，只见周遭和刚才一样，弥漫着不知从哪里传来的香味，此外，就只有津津诱人的黑暗了。侍从去了哪儿呢？甚至听不到她的衣裳相互摩擎的沙沙响声。

"她绝不可能就此……不，没准她已经……"

平中这才爬出褥子，像刚才那样用手摸索着来到了对面的隔扇处。只见隔扇已经被人从房间外面牢牢地插上了门闩，再怎么侧耳倾听，都没有任何脚步声。所有的女佣都在大雨中无声无息

1 　引用自《古今集》恋歌第三卷的第 647 首和歌。

2 　此处为《古今集》恋歌第四卷中的第 681 首或第 767 首和歌的第一句。

地安睡着。

　　"平中，平中，你还算什么天下第一的好色之人呢？"平中倚靠在隔扇上，神思恍惚地嗫嚅着，"你的姿色早已衰败，你的才气也今不如昔。你就是一个比范实和义辅还更让人瞧不起的窝囊废……"

四　好色问答

　　平中的两个朋友——义辅和范实在无聊的闲谈中，曾有过如下一段问答。

义辅　据说就连平中也在那个侍从面前败下
　　　　阵来。

范实　是有这种传说。

义辅　对那家伙而言，也算是一个教训吧。除了
　　　　女御更衣[1]之外，他不惜染指所有的女人，

1　平安时代的女官之一。

还是惩戒一下为宜。

范实 哎！莫非你也是孔夫子的弟子？

义辅 尽管对孔夫子的教诲我一无所知，但却知道有多少女人为平中而痛哭流涕。顺便再补充一句，有多少丈夫为他伤透脑筋，又有多少父母为他勃然大怒，还有多少家臣因他怨声载道，这些我都并非一无所知。对这种殃及众人的男人，理应义正词严地谴责。你不这样认为吗？

范实 也不是那么简单吧。诚然，因平中一个人，整个世间都不胜困惑。但是，那些罪孽难道只应由平中一个人来承担吗？

义辅 那么，还应该由谁来承担呢？

范实 应该由女人来承担呗。

义辅 让女人来承担，未免太过可怜吧。

范实 全盘归咎于平中，不是也很可怜吗？

义辅 要知道，是平中去引诱那些女人的。

范实 男人是在战场上拔剑张弩，公开交战，而女人则是趁人不备，进行暗算。可杀人之罪，有何殊异？

义辅　哇，你还袒护平中呢。不过，有一点应该
　　　　是确切无疑的吧——我们不让世间蒙受痛
　　　　苦，而平中却让世间蒙受痛苦。

范实　这一点究竟如何，也很难断言啊。我们人
　　　　类，也不知是因为什么报应，只要活着，
　　　　一刻都不会停止相互伤害。只是平中比我
　　　　们给世间带来了更大的痛苦而已。这一点
　　　　对于天才而言，也是无可奈何的宿命吧。

义辅　你开什么玩笑！倘若将平中与天才混为一
　　　　谈，那么，这水池里的泥鳅也会摇身变成
　　　　蛟龙吧。

范实　平中确实不愧为天才啊。你不妨瞧瞧他的
　　　　那张脸，听听他的声音，再读读他的文章。
　　　　倘若你是个女人，不妨和他厮守一个夜晚。
　　　　他和空海上人 [1]、小野道风 [2] 一样，从离开
　　　　母胎的时候起就被赋予了非凡的才能。如

1　空海上人（774—835），即弘法大师。

2　小野道风（894—966），日本平安中期的书法家。

果这还不算是天才的话，那么，天下就没有天才了。在这一点上，我等之辈毕竟不是平中的对手啊。

义辅 但是——但是，天才并非像你所说的那样，仅仅制造罪恶吧？比如，看看道风的书法就会知道，那是在微妙笔力的驱使下才可能诞生的奇迹。而再听听空海上人念诵的经文吧……

范实 我可没有说天才仅仅制造罪恶，而只是说，天才也会制造罪恶。

义辅 那么，不是和平中大相径庭吗？因为他制造的就只有罪恶而已。

范实 那可不是我们所能理喻的东西。比如，对于一个连假名都写不好的人来说，道风的书法不是也无聊透顶吗？对于一个完全没有信仰的人来说，比起空海上人念诵的经文，或许倒是傀儡作的和歌更加有趣吧。要想了解天才的功德，我们还必须具备相应的资格。

义辅　尽管你也说得不无道理，可若论平中尊者
　　　的功德……

范实　平中不也一样吗？那种好色之人的功德，
　　　只有女人才深谙其妙。你刚才不是说过，
　　　不知有多少女人为平中以泪洗面吗？现在
　　　我想反过来说，不知有多少女人因为平中
　　　而咀嚼到了无上的欢悦，不知有多少女人
　　　因为平中而体验到了生存的价值，不知又
　　　有多少女人因为平中而学会了牺牲的可贵，
　　　不知还有多少女人……

义辅　好了好了，这已经足够了。倘若像你那样
　　　强词夺理，牵强附会，那么，稻草人也会
　　　变成一身戎装的武士呢。

范实　如果像你那样喜欢嫉妒，那么一身戎装的
　　　武士也会被当作稻草人的。

义辅　你说我喜欢嫉妒？嘿，这可是出人意
　　　料啊。

范实　你干吗不像谴责平中那样，去谴责那些淫
　　　乱的女人呢？即便你在口头上谴责她们，

可内心却为她们网开一面，对吧？这是因为彼此都是男人，所以不知不觉地掺入了妒忌的成分。不管多少，其实我们都潜藏着一种野心——如果可能的话，都希望成为平中那样的人。也正是因为这样，平中比密谋造反的人更让我们憎恨。想来，也真够可怜的。

义辅 那么，你也想成为平中了，对吧？

范实 你说我吗？那倒并不完全想。所以，在看待平中的时候，我能够比你更加公平。一旦征服了某个女人，平中很快就会厌倦那个女人，并立刻为另外的女人而神魂颠倒，以至于达到可笑的地步。这是因为在平中的心中，总是依稀萦绕着某个如同巫山神女般美妙绝伦的女人形象。平中总是试图从世间的女人身上寻觅到那种美。在他为对方神魂颠倒的时候，他以为自己已经捕捉住了那样的东西。但见过两三次以后，海市蜃楼却顷刻间坍塌了。为此，他不得不辗转于一个又一个女人之间。而且，在当今这个末法世界里，根本不可能有那样的美人存在，所以平中的一生最终不能不以不幸而宣告结束。在这一点上，毋宁说你和我要幸福得多。但平中之所以不幸，无非因为他是个天才。这也不限于平中一个人，空海上人和小野道风其实也与他有着近似之处吧。总而言之，一个人要想获得幸福，至关重要的是，他必须是一个凡人……

五　为粪便之美而感叹的男人

平中一个人不胜落寞地伫立在离本院侍从房间不远的套廊上，四周看不见一个人影。太阳照射在走廊的栏杆上，日光如油，仿佛又为今天的暑热平添了能量。但在厢房外面的天空中，一棵棵抽绿的松树正静静地守护着眼前的荫凉。

　　"侍从对我不理不睬，而我也就索性对她死心了吧……"平中依旧是一张苍白的面孔，茫然地思考着，"可是，无论怎样死心，侍从的身影都必定恍如幻影一般萦绕在我眼前。自从那个雨夜以来，只为了忘记她的身影，我不惜四方拜佛，虔诚地祈祷。但一走进加茂神社，那神体里就栩栩如生地映现出了侍从的面庞。而一踏入清水寺的正殿，观世音菩萨的身影竟然原封不动地化作了侍从的模样。倘若这身影一直这样纠缠住我的心，那我肯定会焦躁而死吧……"

　　平中长长地叹息了一声。

　　"但是，要想忘记那身影——便只有一个办法，那就是找出她的鄙俗之处。侍从又不是天仙下凡，想必也有不洁之处吧。只要发现其中一点，那么就像变成女官的狐狸被人抓住尾巴一样，侍从的幻影就会自然而然地土崩瓦解。也只有在那一刹那，我的生命才会重新归属于我自己。但她究竟什么地方是鄙俗的，又在什么地方隐藏着不洁，是不会有谁来告诉我的。啊，大慈大悲的观世音菩萨，求您昭示侍从的可鄙之处，昭示她与河岸上的女乞丐别无两样的证据……"

平中就这样思忖着，无意中扬起了他那慵懒的视线。

"哇，朝这里走来的，不正是侍从房间里的那个女童吗？"

这不，那个长着一副聪明模样的女童，身着一件瞿麦图案的薄衣，下面穿着一条色彩浓艳的裙裤，正朝着这边走过来。只见她将一个匣子模样的东西藏在一把红色画扇的背后。想必是走在路上，赶着去扔掉侍从的粪便吧。见此情景，一个大胆的决定像闪电一般划过平中的心里。

平中眼神一变，一下子站到女童的前方，挡住了去路，然后一把抢过女童手上的匣子，一溜烟似的奔向走廊对面一间无人的房子。不用说，遭到突然袭击的女童一边哭喊着，一边紧跟在他的后面。但一跑进那个房间，平中就一把关上拉门，迅速插上了门闩。

"是的，只要瞧瞧这里面，不用说——百年之恋也会在一瞬间化作烟雾，一散而去的……"

平中用瑟瑟颤抖的手揭开了搭在匣子上的染香绫罗。出人意料的是，匣子上竟然涂抹着崭新而精巧的泥金画。

"这里面就藏着侍从的粪便，同时也左右着我的性命……"

平中伫立在那儿，目不转睛地盯着那只美丽的匣子。而女童还在房间外面低声抽噎着，但不知什么时候，那哭声被一阵抑郁的沉默吞噬殆尽了。与此同时，拉门和隔扇也开始像雾霭一般消失了。不，平中甚至分不清，此刻究竟是白天还是夜晚。他的眼前，唯有一只画着杜鹃鸟图案的匣子清晰地浮游在空中……

"我的性命能否得救，还有能否与侍从彻底诀别，全都维系在这只匣子上了。一旦打开这只匣子的封盖——不，这可得好好想想。到底是忘掉她的好，还是让自己的生命苟延残喘的好，我可答不上来。不，就算焦灼而死，也还是别打开这匣子的封盖吧……"

平中憔悴的脸上闪烁着泪花，此刻更是倍感困惑。但在沉吟了片刻之后，他的眼睛突然迸射出光芒，心里声嘶力竭地叫喊道：

"平中，平中！你多没出息呀！难道你忘记了那个雨夜吗？没准侍从现在还在嘲笑着你的痴迷呢。你要活下去！而且是好好地活下去！只要看见了侍从的粪便，你就肯定能够旗开得胜……"

平中几乎像是疯子一般揭开了匣子的封盖。不料匣子里只是盛着一半淡淡的丁香花颜色的液体。有两三块什么东西，带着浓浓的丁香花颜色，沉淀在液体的底部。与此同时，就像是在梦境中一样，一阵丁香花的气味徐徐飘来，扑打着平中的鼻子。莫非这就是侍从的粪便？不，不可能。即便是吉祥天女，也不可能排泄这样的粪便。平中紧蹙着眉头，随手抓起了漂浮在最上面的近两寸大小的东西。然后，他几乎是凑在自己的胡须附近，反复地嗅着它的气味。没错，这肯定是最上等的沉香才会发出的气味。

"这个又如何呢？这液体好像也发出一种香

味呢……"

平中把匣子倒过来，悄悄啜吸了一口其中的液体。那液体也散发着丁香花的芬芳，无疑是沉淀后的清汁。

"如此说来，这也是香水吧？"

平中又试着把刚才抓起来的那两寸大小的东西放进嘴巴里咀嚼。原来，它有着那种浸透牙齿的、夹杂着苦味的甘甜味道。顿时，他的嘴巴里弥漫着一种比柑橘花更加清凉的绝妙气味。也不知侍从计从何来，为粉碎平中的谋略，竟然特意制作了香水工艺的粪便。

"侍从，是你杀死了平中！"

平中呻吟道。只见泥金画的匣子"吧嗒"一声滑出了他的手中，而他的整个身体也跌倒在了地上。在紫磨金的圆光照耀下，他那半死的瞳仁里又浮现出了侍从朝他嫣然微笑的倩影……

大正十年（1921）九月

（杨伟　译）

竹
林
中

检非违使[1]审讯樵夫供词

是呀，发现那具尸体的，正是小的。今儿个早上，小的像往常一样，去后山砍柴，结果在山后的竹林里看到那具尸体。老爷问在哪儿吗？那地方离山科大路约莫一里地，是片长满竹子和小杉树的杂树林，少有人迹。

尸体身穿一件浅蓝色绸子褂，头上戴了一顶城里人的细纱帽，仰天躺在地上。虽说只挨了一刀，可正好扎在心口上，尸体旁的竹叶子全给染红了。不，血已经不流了，伤口好像也干了。还

---

[1] 日本古代官职，对非违（非法、违法）予以检察。

有只大马蝇死死叮在上面，连我走近的脚步声都不理会。

没看见刀子什么的吗？——没有，什么都没看见。就是旁边杉树根上，留下了一条绳子。后来……对了，除了绳子，还有一把梳子。尸体旁边没别的，就这两样东西。不过，有一片地里，荒草和竹叶给踩得乱七八糟的，看样子那男子被杀之前，准是狠斗了一场。

什么，没有马？——那地方，马压根儿进不去。能走马的路，在竹林外面呢。

检非违使审讯行脚僧供词

贫僧昨日确曾遇见死者。昨天……大约是晌午时分吧，地点是从关山快到山科的路上。他与一个骑马女子同去关山。女子竹笠上遮着面纱，所以贫僧不曾得见她的容貌，只看见那身紫色绸夹衫。马是桃花马……马鬃剃得光光的，不会记

错。个头有多高么？总有四尺多吧……贫僧乃出
家之人，这些事情不甚了然。那男子……不，佩
着刀，还带着弓箭。特别是黑漆箭筒里，插了
二十多支箭，要说这点，贫僧至今还历历在目。

做梦也想不到，那男子会有如此结局。真可
谓人生如朝露，性命似电光。呜呼哀哉，贫僧实
在无话可说。

检非违使审讯捕快供词

大人问小人捉到的那家伙吗？他确确实实是
臭名远扬的大盗多襄丸。小人去抓的时候，他正
在粟田口石桥上哼哼呀呀，大概是从马上摔下来
的缘故。什么时辰吗？是昨晚初更时分。上次逮
他的时候，穿的也是这件藏青裰子，佩着这把雕
花大刀。不过这一回，如大人所见，除了刀还带
着弓箭。是吗？被害人也带着刀箭……那么，行
凶杀人的，必是多襄丸无疑。皮弓、黑漆箭筒、

十七支鹰羽箭矢……这些想必都是被害人的。是的，正如大人所说，马是秃鬃桃花马。那畜生把他摔下来，是他的报应。马拖着长长的缰绳，在石桥前面不远的地方，啃着路旁的青草。

这个叫多襄丸的家伙，在京畿一带的强盗中，最是好色之徒。去年秋天，乌部寺宾头卢后山，有个像是去进香的妇人连同丫鬟一起被杀，据说就是这家伙作的案。这回，这男的若又是被他下的毒手，那骑桃花马的女子究竟给弄到什么地方去了，现下怎么样了，就不得而知了。也许小人逾分，还望大人明察。

检非违使审讯老妪供词

是的，死者正是老身女儿的丈夫。他并非京都人士，是若狭国府的武士，名叫金泽武弘，二十六岁。不，他性情温和，不可能惹祸招事的。

小女么？闺名真砂，年方十九。倒是刚强

好胜，不亚于男子。除了武弘以外，没跟别的男人相好。小小的瓜子脸，肤色微黑，左眼角上有颗痣。

武弘昨天是同小女一起动身去若狭的，没料到竟出了这样的事，真是造孽哟！女婿死了，认倒霉罢，可小女究竟怎样了？老身实在担心得很。恳求青天大老爷，不论好歹，务必找到小女的下落才好。说来说去，最可恨的便是那个叫什么多襄丸的狗强盗，不但杀了我女婿，连小女也……（接着泣不成声）

多襄丸的供词

那男的，是我杀的；可女的，我没杀。那她去哪儿啦？——我怎么知道！且慢，大老爷。不管再怎么拷问，不知道的事也还是招不出来呀。再说，咱家既然落到这一步，好汉做事好汉当，决不隐瞒。

我是昨天过午遇见那小两口的。正巧一阵风吹过，掀起竹笠上的面纱，我一眼瞟见那小娘们儿的姿容，可一眨眼就再无缘得见了。八成是这个缘故吧，觉得她美得好似天仙，顿时打定主意，即使要杀她男人，老子也非把她弄到手不可。

什么？杀个把人，压根儿不像你们想的，算不得一回事。反正得把女人抢到手，那男的就非杀不可。只不过我杀人用的是腰上的大刀，可你们杀人，不用刀，用的是权，是钱，有时甚至几句假仁假义的话，就能要人的命。不错，杀人不见血，人也活得挺风光，可总归是杀手哟。要讲罪孽，到底谁坏，是你们，还是我？鬼才知道！（讽刺地微微一笑）

当然，只要能把那小娘们儿抢到手，不杀她男人也没什么。说老实话，按我当时的心思，只想把她弄到手，能不杀她男人就尽量不杀。可是，在山科大道上是没法动手的。于是，我就想法子，把那小两口诱进山里。

这倒不是什么难事。我跟他们一搭上伴，就

瞎编了一通话，说对面山里有座古墓，掘出来一看，竟有许多古镜和宝刀。我不想让人知道，就偷偷埋在后山的竹林里。打算若是有人要，随便哪件，就便宜出手——不知不觉间，男的就对我这套话渐渐动了心。

这后来嘛——你说怎么着？人的贪心真叫可怕！不出半个时辰，小两口竟掉转马头，跟我上山了。

到了竹林前，我推说，宝物就埋在里边，进去瞧瞧吧。男的财迷心窍，自然答应。可女的，连马也不肯下，说她就在这儿等。那竹林子密密匝匝，也难怪她要说这话。老实说，这倒正中咱家下怀。于是便让那小娘儿留下，我跟她男人一起钻进了林子。

开头林子里净是竹子，再过去十多丈地，才是一片稀疏的杉树林——要下手，那地方再合适不过了。我一面拨开竹丛，一面煞有介事地骗他说，宝物就在杉树下面。男的信以为真，就朝看得见杉树的地方拼命赶去。不大会儿工夫，便来到竹子已稀稀落落、有几棵杉树的地方 —— 说时迟那时快，我一下子便把他摔倒在地。还真不愧是个佩刀的武士，力气像是蛮大的哩。可是不幸着了我的道，他也没辙。我当即把他绑在一棵杉树根上。绳子吗？这正是干我们这行的法宝，说不准什么时候要翻墙越户，随时拴在腰上。当然啦，我塞了他一嘴竹叶，叫他出不了声。这样，就不用怕什么了。

对付完男的，回头去找那小娘们儿，谎说她男人好像发了急症，叫她快去看看。不用说，她也中了圈套，便摘下竹笠，由我拽着她的手，拉进竹林深处。到了那里，她一眼就看见丈夫给绑在杉树根上。说时迟那时快，她从怀里掏出一把明晃晃的匕首来。老子从来没见过那么烈性的女人。当时要是一个不小心，没准肚子就会挨上一刀。虽说我闪开了身子，可她豁出命来一阵乱刺，保不住哪儿得挂点彩。不过，老子是多襄丸，何须拔刀，结果还不是将她的匕首打落在地。再烈性的女子没了家伙，也就傻了眼了。我终于称心如意，用不着杀那男人，也能把他小媳妇儿弄到手。

用不着杀她男人——不错，我本来就没打算杀。可是，当我撇下趴在地上嘤嘤啜泣的小娘们儿，正想从竹林里溜之大吉，不料她一把抓住我胳膊，发疯似的缠上身来。只听她断断续续嚷道："不是你这个强盗死，便是我丈夫死，你们两个总得死一个。让两个男人看我出丑，比死还难受，"接着，她又气喘吁吁地说，"你们两个，谁活我就跟谁去。"这时，我才对她男人萌生杀机。（阴郁地兴奋起来）

听我这么说来，你们必定把我看得比你们还残忍。那是因为你们没看到她的脸庞，尤其没看到那一瞬间，她那对火烧火燎的眸子。我盯着她的眸子，心想，就是天打雷劈，也要娶她为妻。我心里只转着这个念头。绝非你们大人先生们所想的什么无耻下流、淫邪色欲。如果当时仅止于色欲，而无一点向往，我早一脚踢开她，逃之夭夭了，我的刀也不会沾上她男人的血。可是，在幽暗的竹林里,我凝目望着她的脸庞,刹那间,主意已定:不杀她男人,誓不离开此地。

不过,即便开杀戒,也不愿用卑鄙手段。我给他松开绑,叫他拿刀跟我一决生死。(杉树脚下的绳子,就是那时随手一扔忘在那里的。)他脸色惨白,拔出那把大刀,一声不吭,一腔怒火,猛地一刀朝我劈来——决斗的结果,也不必再说了。到第二十三回合,我一刀刺穿他的胸膛。请注意——是第二十三回合!只有这一点,我对他至今还十分佩服。因为跟我交手,能打到二十回合的,普天之下也只他一人啊!(快活地微笑)

男人一倒下,我提着鲜血淋漓的大刀,回头去找那小娘们儿。谁知,哪儿都不见踪影。逃到什么地方去啦?我在杉树林里找来找去。地上的竹叶,连一点踪迹都没留下。侧耳倾听,只听见她男人临终前的喘息声。

说不定我们打得难分难解之际,她早就溜出竹林搬救兵去了。为自己着想,这可是性命攸关的事,便当即捡起大刀和弓箭,又回到原来的山路。小娘们儿的马还在那里静静地吃草。后来的事，也就不必多说了。只是进京之前，那把刀被我卖掉了。——我要招的，便是这些。横竖我脑袋总有一天会悬在狱门前示众的，尽管处我极刑好啦！（态度昂扬地）

一个女人在清水寺的忏悔

那个穿藏青裰子的汉子把我糟蹋够了，瞧着我那给捆在一旁的丈夫，又是讥讽又是嘲笑。我丈夫心里该多难受啊。不论他怎么挣扎，绳子却只有越勒越紧的份儿。我不由得连滚带爬，跑到丈夫身边去。不，我是想要跑过去的，但是，那汉子却冷不防把我踢倒在地。就在那一刹那，我看见丈夫眼里，闪着无法形容的光芒。我不知该怎样形容好，至今一想起来，都禁不住要打战。他嘴里说不出话，可是他的心思，全在那一瞥的眼神里传达了出来。他那灼灼的目光，既不是愤

怒，也不是悲哀——只有对我的轻蔑，真可谓是
冰寒雪冷呀！挨那汉子一脚不算什么，可丈夫的
目光，却叫我万万受不了。我不由得惨叫一声，
昏了过去。

过了一会儿，我才恢复神志，穿藏青褂子的
汉子已不知去向，只留下我丈夫还被捆在杉树根
上。我从落满竹叶的地上抬起身子，凝目望着丈
夫的面孔。他的眼神同方才一样，丝毫没有改变，
依然是那么冰寒雪冷的，轻蔑之中又加上憎恶的
神色。那时我的心呀，又羞愧，又悲哀，又气愤，
简直不知怎么说才好。我晃晃悠悠地站了起来，
走到丈夫跟前。

"官人！事情已然如此，我是没法再跟你一起
过了。狠狠心，还是死了干净。可是……可是你
也得给我死掉！你亲眼看我出丑，我就不能让你
再活下去。"

我好不费劲才说出这番话来，但是我丈夫仍
是不胜憎恶地瞪着我。我的心都快碎了。我克制
住自己，去找他的刀。也许叫那强盗拿走了，竹

林里不仅没大刀，连弓箭也找不见。幸好那把匕首还在我脚边。我挥动匕首，最后对他说：

"那么，就请把命交给我吧，为妻的随后就来陪你。"

听了这话，我丈夫这才动了动嘴唇。嘴里塞满了落叶，当然听不见一点声音。可我一看，立即明白他的意思。他对我依然不胜轻蔑，只说了一句："杀吧！"丈夫穿的是浅蓝色的绸褂。我怔怔地好似在做梦，朝他胸口猛一刀扎了下去。

这时，我大概又晕了过去。等到喘过气来，向四处望了望，丈夫还绑在那里，早已断了气。一缕夕阳透过杉竹的隙缝，射在他惨白的脸上。我忍气吞声，松开尸身上的绳子。接下来——接下来，怎么样呢？我真没勇气说出口来。要死，我已没了那份勇气！我试了种种办法，拿匕首往脖子上抹，还是在山脚下投湖，都没有死成。这么苟活人世，实在没脸见人。（凄凉地微笑）我这样不争气的女人，恐怕是连大慈大悲的观世音菩萨都不肯度化的。我这个杀夫的女人呀，我这个被强盗糟蹋过的女人呀，究竟该怎么办才好啊！
我究竟，我……（突然痛哭不已）

亡灵借巫女之口的供词

强盗将我妻子凌辱过后，坐在那里花言巧语，
对她百般宽慰。我自然没法开口，身子还绑在杉
树根上。可是，我一再向妻子以目示意："千万别
听他的，他说的全是谎话！"可她只管失魂落魄，
坐在落叶上望着膝头，一动也不动。那样子，分
明对强盗的话，听得入了迷。我不禁妒火中烧。
而强盗还在甜言蜜语、滔滔不绝："你既失了身，
和你丈夫之间，恐怕就破镜难圆了。与其跟他过
那种日子，不如索性嫁给我，怎么样？咱家真正
是爱煞你这俏冤家，才胆大包天，做出这种荒
唐事儿。"——这狗强盗居然连这种话都不怕说
出口。

听强盗这样一说，妻子抬起了她那张意乱情

迷的面孔！我从来没见过这样美丽的妻子。然而，我这娇美的妻子当着我——她那给人五花大绑的丈夫的面，是怎样回答强盗的呢？尽管我现在已魂归幽冥，可是一想起她的答话，仍不禁忿火中烧。她确是这样说的："好吧，随你带我去哪儿都成。"（沉默有顷）

妻子的罪孽何止于此，否则在这幽冥界，我也不至于这样痛苦了。她如梦如痴，让强盗拉着她手，正要走出竹林，却猛一变脸，指着杉树下的我，说："把他杀掉！有他活着，我就不能跟你。"她发狂似的连连喊着："杀掉他！"这话好似一阵狂风，即使已至此刻也能将我一头刮进黑暗的深渊。这样可憎的话，有谁说得出？这样该被诅咒的要求，又有谁听到过？哪怕就一次……（突然冷笑起来）连那个强盗听了，也不免大惊失色。妻子拉住强盗的胳膊，一面喊着："杀掉他！"强盗一声不响地望着她，没有说杀，也没有说不杀……就在这一念之间，他一脚将妻子踢倒在落叶上，（又是一阵冷笑）抱着胳膊，镇静地望着我，说道:"这贱货你打算怎么办?杀掉么?还是放过她?回答呀,你只管点点头就行。杀掉?"——就凭这一句话,我已愿意饶恕强盗的罪孽。(又沉默良久)

趁我犹疑之际,妻子大叫一声,随即逃向竹林深处。强盗立刻追了过去,似乎连她衣袖都没抓着。我像做梦似的望着这一情景。

妻子逃走后,强盗捡起大刀和弓箭,割断我身上的绳子。"这回该咱家溜之大吉了。"——记得他的身影就快消失在林中时,听见他这样自语。然后,四周一片沉寂。不,似有一阵呜咽之声。我一面松开绳子,一面侧耳谛听。原来呜呜咽咽的,竟是我自己呀。(第三次长久沉默)

我疲惫不堪,好不容易才从杉树下站起身子。在我面前,妻子掉下的那把匕首正闪闪发亮。我捡起来,一刀刺进了自己胸膛。嘴里涌进一股血腥味,可是没有一丝痛苦。胸口渐渐发凉,四周也愈发沉寂。啊,好静啊!山林的上空,连只小鸟都不肯飞来鸣啭。那杉竹的梢头,唯有一抹寂寂的夕阳。可是，夕阳也慢慢暗淡了下来，看不见杉，也看不见竹。我倒在地上，沉沉的静寂将我紧紧地包围。

这时，有人蹑手蹑脚悄悄走近我身旁，我想看看是谁，然而这时已暮色四合。是谁……一只我看不见的手，轻轻拔去我胸口上的匕首。同时，我嘴里又是一阵血潮喷涌。从此，我便永远沉沦在黑暗幽冥之中……

大正十年（1921）十二月

（艾莲　译）

俊宽

1　日本平安末期的僧侣。1177 年曾提供京都东山的住所作为讨伐平家的密议场所，但被告密，遂和藤原成经一道被流放至鬼界岛。不久，成经等人被召回，而他则被独自转移到白石岛，37 岁时死于孤岛之上。

　　俊宽大人曰：世上别无神明，只系于吾人之一念。……唯有修炼佛法，方能超度生死。

　　　　　　　　　　　——《源平盛衰记》[1]

　　（俊宽大人）思虑良久，更是感触弥深："愿吾有友人，尽览海边之茅庵。"

　　　　　　　　　　　　　　　　　同上

一

1　记叙平清盛的荣华以及源平之战经过的 48 卷军记物语。此处引用自第 9 卷。

你是指俊宽大人的故事吗？说来，像俊宽大人的经历这样被世人以讹传讹的事例还真是鲜有呢。不，不单单是指关于俊宽大人的传闻。就说关于我——有王[1]这个人吧，不也照样是谣言满天飞吗？就在不久前，还听见一个琵琶法师[2]说，俊宽大人因为太过悲愤，以至于头撞山岩，疯狂致死，而鄙人则扛着他的遗骸，一道投河自尽了。而另一个琵琶法师更是煞有介事地说，俊宽大人和某个岛上的女人结为连理，生下了一大群孩子，度过了比他在京城时还要快乐的余生。单凭鄙人——有王还好端端地活着这一点，你就不难知道，前面那个琵琶法师的话纯属无中生有，而后面那个琵琶法师的话，也不啻一派胡言。

几乎所有的琵琶法师都自以为是地信口开河。他们撒谎的本领之高，足以让我也不得不啧啧赞叹。听到法师讲起俊宽大人和孩子们在用竹叶葺

---

1 俊宽大人的仆从。从幼时起便侍奉俊宽大人，并去过鬼界岛，在俊宽大人死后，将其遗骨供奉于高野山。

2 平安末期，以弹唱琵琶传唱经文、传奇为生的盲僧群体。专门弹唱《平家物语》的琵琶法师被称为平家琵琶。

就的小屋里幸福地嬉戏时，我的脸上也会情不自禁地漾起微笑。而听到俊宽大人在涛声骇人的月夜疯狂至死时，我又会不由自主地潸然落泪。我想，即便琵琶法师的所言乃是弥天大谎，也注定会像琥珀里面的昆虫一样流传百世吧。与此同时，正因为流传着那样一些谣言，如果不趁现在道出事情的真相，那么，琵琶法师的不实之词不知何时就有可能演变成真话——你是这样说的，对吧？此话倒是一点不假。好吧，所幸黑夜漫漫，我就把自己千里迢迢前往鬼界岛追随俊宽大人的前前后后讲给你听吧。不过，我可不像琵琶法师那样能说会道，我的优势只在于可以说出自己亲眼见到的那种不加粉饰的真实。那么，就请不吝少许的时间，听我从头道来吧，若感到无聊也请见谅。

二

我渡海去鬼界岛，是在治承三年（1179）五月末一个阴霾的下午。琵琶法师也曾提到过，刚好是在黄昏将近的时辰，我终于见到了俊宽大人。而且，那地方恰恰是一个渺无人烟的海滨——唯有灰色的海浪在沙滩上起起落落，显得格外凄寂。

至于俊宽大人当时的模样，流传于世的说法是——"若说是孩童，未免又像耄耋老人；若说是法师，可却一头长发朝上而挽，且白发多多。身上粘着尘埃和藻屑，也不思掸打。脖子细长，腹部外凸，肤色黝黑，手足枯瘦。似人非人。"[1] 其实这也属于无稽之谈。特别是说他脖子细长，腹部外凸，这分明是受到所谓地狱图的影响而凭空捏造的吧。换言之，是从鬼界岛这个地名联想到了饿鬼的形象吧。诚然，当时的俊宽大人头上确实是长出了头发，肤色也晒得有些黝黑，但除此之外，与过去并没有任何改变——不，岂止是没有任何变化，看起来甚至比过去更加健壮结实

1　此处引自《源平盛衰记》。

了。他一边听凭海风静静地扑打着袈裟的下裾，一边独自徜徉在海边的汀线上。仔细一看，他手上还提着一条串在竹枝上的鱼儿呢。

"僧都[1]宝刹！别来无恙啊！是我——有王来啦！"我不由自主地飞奔过去，兴奋地大声叫喊道。

"喔，是有王呀！"

俊宽大人不胜惊讶似的端详着我的脸。而我则只顾着紧紧抱住主人的膝盖，高兴得抽噎起来。

"你来得正好，有王！我还以为今生今世都再也见不着你了。"

有那么一会儿，俊宽大人也是泪眼婆娑的，但很快就把我扶了起来，像慈父一般安慰我道：

"别哭，别哭。即便只是今天重逢，也理应看作佛陀和菩萨的慈悲吧。"

"是的，我再也不哭了。请问，僧都宝刹——

1　僧位的一种，仅次于僧正。

僧都宝刹的居所就是在这附近吗？"

"居所？我的居所是在那座山的背后啊。"俊宽大人用提着鱼的手指了指临近海边的那座山丘，"虽然称之为居所，但却远非那种用扁柏树皮盖成的屋子哟。"

"是的，这我知道。不管怎么说，这儿毕竟只是一个荒凉的小岛啊。"

刚一说完，就差点被泪水呛到。于是，主人又像过去那样，面带慈祥的微笑说道：

"但那儿住起来，感觉还不错呢。睡觉的地方，也保管你起卧方便。好吧，就随我一道去看看吧。"

他表情轻松地给我当着向导。过了不一会儿，我们就从涛声震天的海滨进入了僻静的渔村。在鱼肚白的大路两旁，只见榕树低垂的枝头上，有无数厚实的叶片正熠熠闪光——用竹叶葺就的房屋散落在那些树木之间，属于这孤岛上的土著人。从那些房屋中，能看见炉灶冒出的红色火苗，还有直到刚才为止都还鲜为所见的幢幢人影。于是，让人顿时涌起了一种久违的安心感：终于进了村落。

主人不时回头来给我讲着眼前的一切，比如，眼前这家的主人是琉球人，那边的栅栏里则养着一头猪什么的。但最让人欣慰的是，那些连乌帽子也不戴的土著人只要一看见俊宽大人，就会低下头来向他鞠躬。特别是一个在房门前追逐着小鸡的女孩，竟然也向俊宽大人行了个鞠躬礼。不用说，在感到欣慰的同时，我又觉得有些不可思议，于是悄悄向主人打听其中的原委：

"据成经大人和康赖大人的说法，这个岛上的土著人都跟恶鬼一样冷酷无情呢，可是……"

"是啊，待在京城里的人一定都是那么想的吧。尽管现在被称作流放者，但过去我们也是京城人呢。无论世道如何变化，边土的庶民只要一看见京城人，都会低头鞠躬的。不管是业平，还是实方，其境遇不都大同小异吗？那些京城人如果也和我一样，被流放到东国或陆奥，或许还会觉得此乃一次格外舒心的旅行呢。"

"但人们不是传说，实方即使在退隐之后，也一门心思地想念着京城，以至于最终变成了宫中的一只麻雀吗？"

"散布这种流言的，都是和你一样的京城人呗。就是那些一提到鬼界岛的土著人便马上联想到恶鬼的京城人。看来，这些东西也是不可尽信的。"

这时，又有一个女人朝主人行了个鞠躬礼。她恰好站在榕树的树荫下，怀里抱着一个年幼的孩子。或许是被树叶掩住了的缘故吧，她那身穿红色单衣的身影在黄昏的余晖中若隐若现。于是，主人也向那女人慈祥地点了点头。

"那是少将的妻室呢。"

主人随即轻声告诉我道。

我不禁惊讶得瞠目结舌，问道：

"既然说是妻室——那么说来，成经大人当然是和她结下了百年之好的，对吧？"

俊宽大人淡淡地一笑，随即又朝我点头道：

"她怀里抱着的，便是少将的骨肉呢。"

"听您这么一说，她确实有着一副有别于这片边土的美丽面容呢。"

"哎？她有一副美丽的面容吗？所谓美丽的面容，究竟是什么样的面容呢？"

"怎么说呢，我想，应该是眼睛细细的，脸颊要丰满，鼻子不能太高，整体则要显得温文尔雅。"

"那不也是京城人的品位吗？在这个岛上，首先眼睛要大，脸颊应该窄窄的，鼻子也得比平常的人略高一点——要这种五官紧凑的脸蛋才会备受推崇呢。所以，刚才你所说的那种模样的女人，在这里是没有人会说她漂亮的。"

我不由得笑了起来，说道：

"说到底，土著人的悲哀就在于不知道何为美丽，因此，就算是让京城的贵妇人翩然出现，恐怕也会被他们嗤笑为丑妇吧。"

"不，并不是这岛上的土著人不知道何为美丽，只是审美观各自有别罢了。但所谓的审美观，也没法保证亘古不变。作为佐证，只要瞧瞧各个寺庙的佛像就知道了。看看三界六道的教主、十方最胜、光明无量、三学无碍、引导亿亿众生的能化、南无大慈大悲的释迦牟尼如来吧。其三十二相八十种姿势，每个时代无不有所变化。佛像尚且如此，那么美人的标准不也理应在每个时代都有所变化吗？时隔五百年或者一千年，当美人的标准变化之后，别说这个岛上的土著女人，甚至像南蛮北狄的女人那种可怕的面孔，也很可能在京城风靡一时，成为时尚呢。"

"不可能有那种事吧。无论到了哪个时代，我们国家都理应有着自己崇尚的独特风格和趣味吧。"

"可是，我们国家独特的风格和趣味，也并非在所有的时间和场所都一成不变呀。比如说，当世这些贵妇人的长相其实就跟唐朝的佛像如出一辙，这难道不是京城人在美人相貌上的偏好上一味仿效唐国的证据吗？所以，在几个朝代之后，很难说我们就不会对红发碧眼的胡人女子情有独钟呢。"

我情不自禁地露出了微笑。主人过去也常常
这样赐教于我等之辈。"不变的岂止是他的身影，
其心灵也一如往昔。" ——想到这儿，一种感觉
不禁油然而生：仿佛遥远京城的钟声又开始萦绕
在了我的耳畔。但主人只是一边朝着榕树的树荫
下徐徐移动着脚步，一边说道：

"有王，自从我到了这个岛上，你知道什么最
让我高兴吗？那就是不用每天都听啰唆的内人抱
怨个没完了。"

三

那天夜里，我在油灯下和主人一起，享用着
他赐予我的饭菜。这原本有些僭越本分，但既然
是主人的命令，且主人旁边还有一个长着兔唇的
男童一直伺候着他，所以我就恭敬不如从命，坐
下来给主人作陪了。

房间的四周环绕着一道竹廊，整个构造俨然

一座僧庵。除了竹廊边上挂着帘子以外，庭院前面还栽种着茂密的竹林，即便是用山茶油点燃的灯光也无法照射进去。房间里不仅有一个皮箱，还有橱柜和桌子。——皮箱是他离开京城时就带在身边的，而橱柜和桌子却是这个岛上的土著人送给他的礼物，尽管做工有些粗糙，但听说是一种名叫琉球红木的手工艺品。在那个橱柜上放着一本经文，还有一尊阿弥陀如来像。只见它端然而立，散发出璀璨的金光。我记得主人说，这是康赖大人返回京城时留下的纪念品。

俊宽大人惬意地坐在圆形草垫上，用各种各样的美味佳肴来款待我。毕竟是在这样一个小岛上，所以什么调味的香醋呀，酱油呀等等，味道当然是抵不上京城了，但若论食物的珍奇，不管是汤汁、生鱼丝，还是炖煮的食品，抑或水果，等等——几乎全都是我连名字也叫不出来的新鲜玩意。主人看见我惊讶得连筷子都一动不动，一边喜滋滋地笑着，一边向我推荐道：

"这个汤汁的味道怎么样？这可是本岛的名

产，是用一种名叫臭梧桐树特产的嫩叶烹制而成的。你再尝尝这边的鱼吧。这是一种名叫永良部鳗鱼的特产呢，是用热带海洋里的毒蛇烹调的。而那个盘子里的白颈鸽——是的，就是那盘烤肉——也是京城里从没看见过的东西吧。这种鸟，背上是蓝色的，腹部却是白色的，而形状则酷似鹳鸟。这个岛上的土著人认为，只要吃了它的肉，就能祛除湿气。那种番薯也格外好吃哟。你是问它的名字吗？就叫作琉球番薯呗。梶王每天都把那种番薯来当饭吃呢。"

所谓梶王，就是刚才提到的那个长着兔唇的男童的名字。

"无论什么东西，都随意地夹来吃好啦，以为只要光喝稀粥，或许就能超度生死之苦，这种想法是沙门[1]中常有的误解。就连世尊在成道之时，不是也接受了牧羊女难陀婆罗用乳汁做的稀粥——乳糜吗？倘若当时的他饥肠辘辘地就坐到

---

1 沙门，出家人，僧侣。沙门又作娑门、桑门，意为勤息、息心、净志。

了毕钵罗树[1]下，那么，第六天的魔王波旬或许就不会派遣三个魔女去诱惑他，而是将六牙象王[2]的酱腌食品、天龙八部[3]的酒糟腌菜，还有天竺的山珍海味放在他面前来诱惑他了吧。不过，酒足饭饱思淫欲，乃是我们这些凡夫俗子的习性，所以，波旬才会把三个魔女派遣到喝过乳糜的世尊面前。由此可见，波旬也是一个令人敬仰的才子。然而，魔王的愚蠢就在于忘记了一点，即供奉出乳糜的乃是一个女人。牧羊女难陀婆罗向世尊供养乳糜，这对于世尊进入无上之道而言，甚至比雪山上的六年苦行都更加意义重大。'取彼乳糜如意饱食，悉皆净尽'——即使在《佛本行经》七卷里，像如此精彩的地方亦并不多见吧。'尔时菩萨食糜已讫从座而起。安庠渐渐向菩提树。'怎么样？'安

1　印度的一种常绿乔木。据说释迦就是在这种树下开悟的，后来又叫菩提树。

2　普贤菩萨乘坐的六牙白象。

3　天龙八部，佛教术语，八种神道怪物。八部包括：天众、龙众、夜叉、乾达婆、阿修罗、迦楼罗、紧那罗、摩睺罗伽。许多大乘佛经叙述佛向诸菩萨、比丘等说法时，常有天龙八部参与听法。

庠渐渐向菩提树。'就此，世尊那一边看着女人、一边喝足乳糜之后的端严身影，难道不是栩栩如生地浮现在我们眼前了吗？"

吃完晚饭之后，俊宽大人一边高兴地把圆形草垫搬到凉爽的竹廊附近，一边催促我道：

"现在肚子也填饱了，你就给我说说京城的消息吧。"

我不由得低下了头来。尽管早就做好了思想准备，可一旦真的要说出口来，还是不禁有些胆怯，难以启齿。但主人手拿着芭蕉扇，再次催促我道：

"怎么样？内人还是像过去那样，总是唠叨个没完没了吗？"

我只好就那样埋着头，把主人离开后发生的种种变故告诉了他：

"自从主人被捕之后，身边的侍从全都逃离而去，而在京极的宅邸和在鹿谷的山庄也遭到了平家近侍的掠夺。夫人在去年冬天已经过世，贵公子也因染上天花而跟随夫人去了他界。如今主人亲眷，唯有小姐一个人寄身于奈良的姑母家里。"

　　说着说着，眼前那盏灯不知何时已经变得朦胧难辨了，还有屋檐下的帘子、橱柜上的佛像也都变得依稀模糊了。最后，我终于在说到一半时号啕大哭起来，但主人始终默默地凝神倾听着，只是在听到爱女的消息时，脸上才陡然间露出了担忧的神色，一下子把穿着袈裟的膝盖朝我挪近了些。

　　"女儿她怎么样了？已经习惯姑母家了吗？"

　　"是的，想必相处得非常融洽吧。"

　　我哭着向俊宽大人转交了小姐的亲笔信。我听说在坐船经过门司和赤间关时，到鬼界岛的人会遭到严格的盘问和搜查，所以我是把此信藏在发髻里捎来的。主人立刻在灯光下展开爱女的信，还不时地读出声来：

　　"……世事沧桑多变，令人抑郁黯然……三人同时流放孤岛，为何父亲被独自留下？……而今之京城，众叛亲离，如草木皆枯……女儿寄身于奈良姑母篱下……尽管马马虎虎，但生活之清

寒，想必也不难推想。……近三年来，您是何等
坚强，何等隐忍负重啊！……唯盼火速回京。啊，
女儿思念父亲心切，可谓朝思暮想。……女儿敬
具。……"[1] 俊宽大人放下书信，又起双手，大声
地叹息道：

"女儿也该满十二岁了吧 —— 对京城我别无
依恋，唯有女儿，我是多么想见上一面啊！"

我设想着主人此刻的心情，只能一个劲儿地
揩拭着眼泪。

"不过，既然见不了，也就……有王，别哭了。
不，如果想哭，你就尽情地哭吧。但是，在这尘
世间，不是有着无以计数的悲惨之事，让人泪流
不止吗？"

主人把身体缓缓倚靠在背后的乌木柱子上，
然后不胜凄凉地微笑道：

"内人死了，爱子也死了，而爱女也很可能
一生都难以再会。房屋和山庄，也都不再属于我

1　此处引自《源平盛衰记》第 11 卷。

了。我只有孑然一身地在这座孤岛上等待至衰老……这就是我眼前的境遇。不过，忍受这种痛苦的，并不仅仅只有我一个人。认为唯有自己一人淹没在了苦海里，这是与佛陀弟子极不相称的增上慢[1]。'增上骄慢，尚非世俗白衣所宜。'自诩承受了太多的困苦，这种心理也当数邪恶的罪孽。一旦驱逐了此等邪念，也就不难明白：即使在这粟散边土[2]之中，和我承受同等苦难的人也远远多于恒河沙数。不，只要是降生在人界，那么，即便不是被流放到这样的荒岛，也必定总有人和我一样，喟然长叹着孤独之苦。作为村上御门第七之王子、二品中务亲王六代之后胤、仁和寺法印宽雅之子、京极源大纳言雅俊卿之孙而出生的，诚然只有我俊宽大人一人，但天底下却有一千个俊宽大人、一万个俊宽大人、十万个俊宽大人、上百亿个俊宽大人正在遭到流放……"

1　原文为"增长慢"，疑为"增上慢"之误，故译为"增上慢"。即以为得到了至上的法悟而自鸣得意。

2　指日本。

这样说着的时候，俊宽大人那双眼睛的某个地方竟然掠过了一丝明朗的神色。

"在一条和二条两条大路的交叉口上，如果只是徘徊着一个盲人，这或许是一幅悲悯至极的景象吧。但如果看见偌大的京城里充斥着不计其数的盲人——有王，请问你会作何感想？如果是我，恐怕会立刻捧腹大笑吧。而我被流放到孤岛上这件事，也可作如是观。遍布于四面八方的无数俊宽大人，无不痛哭流涕，每个人都认为，只有自己一个人遭到了流放。一想到这儿，又怎能不噙着泪水暗自发笑呢？有王，既然知道三界一心，那首先就要学会微笑。为了学会微笑，首先就得摈弃增上慢。世尊之所以来到这个世间，乃是为了教会我们微笑。即便在大般涅槃的时刻，摩诃迦叶不是也露出了微笑吗？"

这时，我们脸上的眼泪不知不觉已经干了。于是，主人一边透过帘子眺望着遥远的星空，一边若无其事地说道：

"你回到京城以后，请转告我的爱女：与其对天哀叹，不如学会微笑。"

"我才不回京城去呢。"我的眼里再次涌上了新的泪水。这是我憎恨主人说出那种绝情话而流下的眼泪，"我打算就像在京城时那样，守在您身边伺候您。我抛下年迈的母亲，瞒着兄弟姐妹，千里迢迢地追随您到这个荒岛，难道不就是为了这个吗？莫非我看起来真像您所说的那样，只顾怜惜自己的生命吗？难道我看起来就像是那样一个忘恩负义的小人吗？难道我真的就那么……"

"我并没有把你想得那么愚蠢，"主人又像刚才那样莞尔微笑着，说道，"但倘若你留在这个岛上，那么我又让谁来传递信息，通报爱女的平安呢？我一个人也没什么不便的，更何况还有梶王这个侍童——这样说，不至于引起你的嫉妒吧？他是一个无依无靠的孤儿，说来，也就是被流放到荒岛上的小俊宽大人罢了。等什么时候来了便船，你就赶快回京城去好啦。不过，作为带给爱女的手信，今夜我就把岛上的生活讲给你听吧。哇，你还在哭啊？好吧，那你就一边哭一边听我讲好啦。而我呢，就只好一个人笑着，随着性子讲下去了。"

俊宽大人一边悠然自得地摇着芭蕉扇，一边开始讲起了岛上的生活。或许是循着灯光而来的吧，这时从挂在屋檐下的帘子那边，传来了虫豸在上面轻轻爬动的声音。而我依旧耷拉着脑袋，出神地倾听着主人的讲述。

四

"我被流放到这个孤岛上，是在治承元年（1177）的七月初。说实话，我从不曾和成亲大臣密谋过什么天下大计。我是在被囚禁在西八条之后，突然给流放到这孤岛上来的。最初我因为过于愤懑，以至于不思茶饭。"

"可京城里却谣传说，"说到这儿，我陡然语塞，"僧都宝刹也是谋反的主谋之一呢……"

"他们肯定是那么想的吧。据说成亲大臣的确有意将我列入主谋之一，所以也就怪不得别人那么想了。——不过，我确实不是主谋。就连到底是净海入道¹的天下好，还是成亲大臣的天下好，我都无从知道。不过，成亲大臣的性情比净海入道更加乖戾偏执，或许更不适合于执掌天下之政吧。我只是说过，平家的政治与其有，还不如无的好。不过，不管是源、平、藤、橘何者的天下，都是与其有，还不如无的好。你不妨看看这岛上的土著人。无论是平家的天下，还是源家的天下，都同样在吃着番薯，同样在养育着后代。尽管所有的官吏都以为，缺了自己，天下就将灭亡，其实，那不过是他们自命不凡罢了。"

"但如果换作是僧都宝刹的天下，或许世间就不会有什么不满了吧。"

这时，在俊宽大人的瞳仁里，不仅映现着我的微笑，也浮现出了他自己的微笑。

1　平清盛（1118—1181）的号。平清盛成为太政大臣，作为皇室的外戚而掌管着当时日本的政治。1168 年因病辞官出家，取号为净海或平相国。

"不，也和成亲大臣的天下一样，或许比平家的天下还要糟糕。这是因为俊宽大人我比净海入道更加看破红尘，而一旦过于看破红尘，不是就不可能全神贯注地投入到政治中去了吗？只会不辨是非曲直，成天沉溺在无可奈何的梦幻里——但这一点却正好是高平太所[1]擅长的。小松内府[2]就是因为过于聪明，所以一旦真的由他治理天下，反而会比净海入道还要糟糕。据说内府也一直有病在身，但若是为平家一门着想，他还是早日死掉为好。并且就说我吧，在离不开食色二性这一点上，就与净海入道别无两样。这样一种凡夫俗子治理的天下，终究不可能有益于众生。归根结底，人界要想变成净土，就只有静等佛陀来料理天下了——因为我一直抱着这样的想法，所以从来就不曾萌生过觊觎天下的念头。"

"但那时候，您不是几乎每天晚上都到中御门

---

1 平清盛少年时代的诨名，意思是"穿着高足木屐的平家太郎"。

2 平重盛（1138—1179），平清盛的长子，其宅邸位于京都市左京区的小松。

高仓的大纳言那儿去吗？"

就像是责备主人的粗枝大叶一样，我瞅了瞅他的脸。说真的，当时主人就像是对夫人的担忧不屑一顾似的，夜里甚至很少回到京极的宅邸就寝。但此刻，主人依旧是一副漫不经心的表情，摇晃着手中的芭蕉扇。

"这就是凡夫俗子的可耻之处吧。恰好那时，在大纳言府上有一个名叫鹤前的侍女。也不知道她是何方天魔的化身，我竟成了她的俘虏。可以说，都是因为她的存在，我一生的不幸才从天而降的。不管是被内人扇了耳光，还是被其他人抢走了鹿谷的山庄，抑或最终被流放到这座孤岛上，桩桩件件都是因为她……可是，有王，你还是为我高兴吧。尽管我的确为鹤前而神魂颠倒，但却并没有成为谋反的主犯。为女人而喜怒哀乐，这在古今的圣者之中，都是不足为奇的。在大施幻术的摩登伽女[1]面前，就连阿难尊者也被迷惑住了。

1　释迦牟尼在世时，摩登迦女曾施幻术诱惑阿难，但被释迦牟尼的法力化解。

而据说龙树菩萨[1]在出家之前，也曾为了劫持王宫的美人而修炼隐形方术。可是，无论天竺、震旦，还是本朝，都还从未听说哪个圣者成为谋反之人的。想来，从未听说过有那样的圣者，也没什么不可思议的。因女人而生喜怒哀乐，不啻释放五根之欲。可为了策划谋反，却不得不具备贪嗔痴这三毒。圣者即使释放五欲，也绝不接受三毒之害。由此看来，尽管我的智慧之光因五欲而变得黯淡了，但却并没有彻底消失——这些都暂且不说了吧。总之，我刚刚被流放到这个岛上时，的确是每天都郁郁不乐呢。"

"想必您非常痛苦吧。吃饭自不用说，恐怕就连身上穿的衣服也有诸多不便吧。"

"不，说起衣食这两样，每到春秋两季，都有人从肥前国的鹿濑庄送到少将这儿来，因为鹿濑庄属于少将的岳父平教盛的领地。过了一年左右，我已经习惯了这个岛上的风土人情，但要想忘记

---

1 大乘佛教的倡导者。

心中的怨愤，身边有那两个一起流放到岛上的伙伴，实在是大为不利。就说丹波的少将成经吧，他要么整天闷闷不乐，要么就一直昏昏欲睡。"

"成经大人年轻气盛，一想到父亲大人不幸的命运，就禁不住唉声叹气，这也没什么可奇怪的吧。"

"你说什么呀！其实，少将和我一样，乃是一个天下怎么着都无所谓的男人。只要弹弹琵琶，赏赏樱花，给贵妇人写写情诗，就已经觉得是极乐了。所以，只要一见到我，他就尽是抱怨他那谋反的父亲。"

"但我听说，好像康赖大人和僧都宝刹关系非常亲近……"

"不过，这反倒让人为难啊。康赖认为只要许愿，天地之神和诸佛菩萨全都会按照他的意志赐福于他。总之，在康赖眼里神和佛就等同于商人，只是不像商人那样用金钱来沽售冥佑而已。所以他念诵祭文，供奉香火。在这后山上，原本栽种着很多造型漂亮的松树，但都被康赖砍伐光了。

原以为他砍来派什么用场呢，结果他做成了上千块舍利塔形状的灵牌，在上面一一写上和歌，然后一起扔到了大海中。我还从没有看见过像康赖那样贪图现世报的男人。"

"但也不是完全白搭呀。京城里的人都说，那些舍利塔形状的灵牌在海里顺水漂流，其中一块漂到了熊野，还有一块漂到了严岛呢。"

"在一千块灵牌当中，有一两块漂流到日本的土地上，也不值得大惊小怪吧。如果真的相信苍冥的保佑，那只漂流一块灵牌就已经足够了。而且，即使煞有介事地投进一千块灵牌时，康赖也始终在考虑风向的问题。他嘴里念念有词地祷告道：鄙人而拜的熊野三所权限[1]，特别是日吉山王[2]暨王子[3]一族——总而言之，上有梵天帝释，下有坚牢地神，特别是内海外海的龙神八部，求求你

1　权限是说日本的神道原是佛菩萨随缘应化，临时显现在日本的化身，这样神佛就融为一体了。

2　滋贺县大津市的日吉神社。

3　从京都到熊野神社去参拜的途中所有的分社和下院。

们保佑鄙人。听他不厌其烦地念诵，我忍不住在一旁加上了一句：还有西风大明神和黑潮之神[1]，也求求你们保佑他！"

"您这不是在奚落人吗？"

就连我也情不自禁地笑了起来。

"于是，康赖勃然大怒了。瞧他恼羞成怒的样子，别说什么现世的神佑了，就连是否能够往生净土也令人担忧。——然而，不久就发生了更让人为难的事情：少将也和康赖一起开始信仰神灵了，而且不是参拜熊野、王子等有着历史渊源的神灵。说来，在这孤岛的火山上，或许是为了镇妖驱邪吧，建有一座名叫岩殿的小小寺庙，而少将参拜的就是这个岩殿——提到火山，我倒是想起了一件事：你还不曾见过火山吧？"

"是的。只是刚才透过榕树的树梢，看见光秃秃的山峰上缭绕着浅红色的烟雾呢。"

"那么，明天就和我一道登上山顶去见识见

---

1 在日本人信仰的神当中，没有这些神，此处乃是俊宽大人的戏言。

识好啦。只要一登上山顶，不光这座孤岛，还有整个大海的景色全都可以尽收眼底。而岩殿那座小小的寺庙也就坐落在去往山顶的途中。康赖去参拜的时候，总是让我一起前往，可我从不轻易答应。"

"京城里的人都说，僧都宝刹是因为没有去参拜神灵，所以才被一个人留在岛上的。"

"怎么说呢，或许吧，"俊宽大人一副严肃的表情，随即轻轻摇了摇头，"倘若岩殿真有神灵的话，那肯定就是祸津神[1]了吧，所以，才会满不在乎地撂下我一个人，而帮助另外两个人返回京城去。你还记得我刚才告诉你的那个少将夫人吗？她也每日每夜地前去参拜，祈求神灵不让少将离开这座孤岛。然而，这个愿望却一点儿也没有应验。由此可见，岩殿的神灵是一个比天魔有过之而无不及的蛮横家伙。从世尊出世时开始，天魔就立下戒行，实施诸恶。但如果是天魔化作了岩

1　引发凶祸的神。

殿之神，寄居在那座寺庙里，那么少将在回京的途中，肯定要么从船上掉入大海，要么就染上热病，反正是难逃一死。因为这才是让那女人和少将同归于尽的唯一途径。但岩殿就和人一样，既不只行诸善，也不尽施万恶。当然，这也并非仅限于岩殿。奥州名取郡笠岛的道祖[1]，原本是居住在京城加茂河原以西、一条以北那个出云路道祖的女儿。但她在父神尚未把她许配以人的时候，便擅自与京城一个年轻的商人立下了夫妇之约，因而流落到了奥州的山坳里。如此看来，她与凡夫俗子有什么两样呢？实方中将从此神跟前通过时，因为既没有下马表敬，也没有磕头作揖，最终落马而死。既然神灵与人如此接近，没有脱离五尘，那么对于他的举措就绝不可掉以轻心了。从这个事例中不难得知，所谓的神，只要他还没有超越人性，那就不必盲目参拜——不过，这都是一些细枝末节。还是回到康赖和少将身上吧。

1　位于现宫城县名取郡笠岛的神社，道祖即保佑旅途平安的神灵。

他们一直坚持参拜岩殿，还把岩殿比作熊野，把附近的海湾叫作和歌浦，把那个坡道也取名叫芜坂，从而一一冠之以美名。他们所谓的'狩猎童鹿'，其实只是指追逐小狗罢了。唯有'音无瀑布'倒是比原来的瀑布要壮观许多。"

"据京城里的人说，尽管如此，竟然还是神奇地出现了吉祥的兆头……"

"其中一个吉祥的兆头就是，在结愿的当天，他们俩在岩殿前面念诵经文时，突然吹来一阵山风，刮倒了大片的树木。就在这时，地上掉下了两片山茶树的树叶，在两片树叶上都残留着虫豸啃噬过的痕迹。据说其中一片的痕迹像是'归雁'这两个字，而另一片的痕迹则像是'二'这个字，合起来就读作'二归雁'——或许是由于为此喜不自禁吧，第二天康赖就把树叶拿给我看。的确，从树叶上虫蛀的痕迹来看，也不是不可以看出'二'字来，但要找出'归雁'两个字，却不免牵强附会。因为觉得太过滑稽，所以第二天我从山里回来时，特意捡回了好几片山茶树的树叶。如果把树叶上虫蛀的痕迹连成一气，那才不只是什么'二归雁'呢。其中有的写着'明日归京'，有的写着'清盛暴死'，还有的写着'康赖往生净土'。我想，康赖一定会很高兴吧，不料……"

"他该生气了吧？"

"康赖在生气时也是不失要领的。他的舞蹈可谓名冠京城，而动起怒来，则更是巧妙。他之所以加入谋反，想必也是因为受到了嗔恚[1]的左右吧。若论其嗔恚的根源，恐怕还是在于增上慢吧。平家，以高平太为首全都是恶人，而自己这边，以大纳言为首全都是善人——康赖就是这样想的。而这种蛮横骄矜的情绪对他毫无益处。刚才我也说过，我们所有的凡夫俗子其实都和高平太没什么两样。不过，究竟是康赖的勃然大怒好呢，还是少将的喟然长叹好呢？我也说不清楚。"

"据说只有成经大人身边带着妻儿，想必多少能够排解一下他心中的郁闷吧？"

---

[1] 恼怒。嗔是佛教所说的根本烦恼之一，与贪和痴一起被称为"三毒"。

"可他却总是铁青着一张脸，喋喋不休地发一些无聊的牢骚。比如，在观赏峡谷间的山茶花时，他会抱怨说，这个岛上竟然连樱花都不开。而看见火山山顶的烟雾，他又说，这岛上就连绿色的山峦都没有。他就是不提这儿有的东西，专挑这儿没有的东西来抱怨。有一次，他和我一起去海边的山上采撷大吴风草，不料他说，怎么办啊，这儿连加茂川的水流都没有。当时，我之所以没有扑哧笑出声来，肯定是多亏了我家一带的守护神和日吉守护神的保佑。然而，我觉得这不免太过荒唐了，所以忍不住鹦鹉学舌地说道，这儿既没有福原的监狱，也没有平相国入道净海，真是难得，太难得了。"

"您那么说话，恐怕就连少将也会生气动怒吧？"

"不，毋宁说让他生气动怒，倒是我所希望的。谁知少将看着我的脸，一边不胜悲哀地摇着头，一边说道你什么都懵然不知，真是一个幸福之人呀。这种回答甚至比勃然大怒更让我不知所措。我——说实话，恰恰那时候我的情绪不知为何也非常低落。如果真像少将所说的那样，我什么都懵然不知，或许倒能幸免于跌入情绪的低谷吧。但我却并非懵然不知。说实话，我也曾像少将那样，为眼眶中的泪水感到自豪过。透过泪水，那死去的内人也不知会化作多么美丽的女人——一想到这儿，我不禁蓦地怜惜起少将来了。可就算是怜惜他吧，荒唐的东西毕竟还是荒唐的，对吧？所以，我一边笑着，一边一本正经地试图安慰他。而少将竟然对我大发脾气，这不管是在此前还是以后，都是唯一的一次。只见他陡然露出可怕的表情，说道：'你在撒谎！就我的真心而言，与其被你安慰，还不如被你讥笑好呢。'也就在这一瞬间——你说奇怪不奇怪？我竟然扑哧笑出声来。"

"少将他后来怎么啦？"

"那以后的四五天里，即使见了我的面，也爱理不理的。但又过了些日子，见到我时，也只是神情忧伤地摇着头，不停地嘟囔道：'啊，真想回京城啊，可这儿竟然连牛车都不通。你这个人倒是比我幸福多了。'——不过，不管是少将，还是康赖，有他们在身边，总比没有的好。他们俩刚回京城去的那段日子，我每天都陷入难以忍受的寂寞中。"

"据京城里的谣传，说您岂止是寂寞难挨，甚至差一点儿悲愤而死。"

我尽可能详尽地讲述了京城里的种种传言。借琵琶法师的话来说，就是"僧都仰天伏地，悲愤至极，但最终无济于事。……僧都紧拽着缆绳，被拖进海里，开始时海水齐腰，渐渐没至腰肋，终于将要没顶。……僧都无可奈何，只好游回岸上，高声叫喊着：'让我上船，带了我去呀！'可是，这驶去的船只像往常一样，留下的踪迹只有滔滔白浪而已"[1]。我转述了关于他几近狂乱的那一段传言。俊宽大人只是颇为好奇地听着我的话。当我讲到他对着远去的船只不停地挥手这一人所

1　引自《平家物语》第3卷。

皆知的逸闻时，他诚恳地点着头，说道：

"那倒也不全是假话，我确实是挥了好几次手呢。"

"那么，就真像传言所说的，跟松浦的佐用姬[1]一样，是用那种方式在依依惜别了，对吧？"

"毕竟是和两年来厮守在同一个岛上的朋友分别呀。依依惜别不是也在情理之中吗？不过，我无数次挥动手臂，却并不仅仅是为了惜别——当时，通报有船抵达的，乃是岛上的一个琉球人。他从海滨飞奔过来，气喘吁吁地说道：'船，船。'船这个词我倒是听懂了，但其他的话却无从听懂，比如来的究竟是什么船，等等。这个琉球人因为过于惊慌，以至于交替使用着日语和琉球语。反正说的是船的事情，所以我索性赶到海滨去看个究竟。不知不觉之间，在海滩上聚集了大量的土著人。而上面矗立着高高帆柱的东西，不用说，

---

1 传说中居住在长崎县松浦海边的美女。与前去平定朝鲜的大伴狭手彦订下婚约，在离别时，爬上山丘挥动披肩依依惜别，最后就此化作一块石头。见《源平盛衰记》第 9 卷。

是前来接人的船只。当我看到那艘船的时候，感到整个心都在怦怦直跳。少将和康赖比我更快地冲向了船舷边，可见心中的喜悦也非同一般，以至于在场的琉球人都以为两个人是被毒蛇咬噬后精神陷入了癫狂所致。不久，从六波罗[1]派来的丹左卫门尉基安向少将转交了赦免书，但听少将一读，才知道上面并没有我的名字。原来只有我一个人没有获得赦免——想到这儿，刹那间，我的脑海里掠过了种种画面：爱女和爱子的面孔、内人的责骂声、京极家中的庭院景色，还有天竺的早利即利兄弟[2]、震旦的一行阿阇梨[3]、本朝的实方朝臣——简直是数不胜数。至今都还觉得可笑的是，其中居然出现了拉车的红牛屁股，但当时我还是尽力装出一副毫不慌乱的样子。

1　京都市鸭川东部五条与七条之间的地方，有平家一族的居馆六波罗殿。

2　古代印度波罗奈国月盖王的两个太子。哥哥因伤害了弟弟的眼睛，被取消了继承权，并遭到放逐。但最后由一只鹰送来了怜惜其命运的母亲的音信。见《源平盛衰记》第9卷。

3　唐代的僧侣，真言宗的鼻祖。据《源平盛衰记》记载，他因蒙受不白之冤而沦落为被流放者。

"当然，少将和康赖出于同情，也不停地安慰着我，还请求使臣允许俊宽大人我也一起上船。但没有被赦免的人，无论如何也是上不了船的。我一边尽量保持镇静，一边左思右想着，为什么唯有自己一个人没有被赦免。是高平太憎恨我吧？——这肯定没错。但高平太不仅仅恨我，还打心眼里怕我呢。我是法胜寺[1]的执行[2]，当然不可能熟谙兵器之道，但天下或许会出人意料地验证我的见解——高平太害怕的正是这个。一想到这儿，我就不禁苦笑起来。为山门[3]和源氏的武士精心提供有利的论争，乃是西光法师等人最贴切的角色。但是，我还不至于昏聩到为区区一个平家而劳心费神的地步。刚才我也说过，天下拿握在谁的手里，其结局都大同小异。只要身边有一卷经文，再加上鹤前的陪伴，我便会感到心满意足。

1　白河天皇建立的寺院，位于京都左京区冈崎。俊宽大人的墓即在此处。

2　寺院管理总务的僧职。

3　比睿山延历寺的别称。

但净海入道这个人，因过于才疏学浅，竟然对俊宽大人我也百般提防，真是可悲至极。由此看来，我没有被砍掉脑袋，只是被一个人留在孤岛上，已经算是幸运的了。——就在我这样思忖着的时候，已经到了那艘船扬帆起航的时刻了。只见少将夫人抱着孩子，哀求道：'求您让我也上船吧！'我觉得她怪可怜的，心想女人总不至于受到苛求吧，于是便代她央求使臣基安。但基安根本就不予理睬。他是一个除了自己的使命之外一无所知的傀儡，我大可不必去责备这样的男人。但罪孽深重的，却要数少将本人……"

俊宽大人愤怒地使劲挥动着手上的芭蕉扇，继续说道：

"那女人就像疯子似的，不顾一切地想要爬上船去，船夫们就是不肯让她上船。最后那女人拽住了少将礼服的裤脚，不料少将板着一张面孔，恶狠狠地甩开了女人的手。女人猝然摔倒在沙滩上，从此打消了上船的念头，只是在那儿失声痛哭着。那一瞬间，我义愤填膺，心中的怒火远远超过了平时动辄发怒的康赖。少将简直就是畜生！而康赖也只是在一边袖手旁观，这也不能算是佛陀弟子的所作所为。除了我以外，再也没有人肯出面为那女人说情。——想到这儿，所有的詈言骂语全都从我的嘴巴里脱口而出，让我至今想起来都觉得不可思议。不过，我接二连三说出口的，可不是那种京城小孩骂人的脏话，而全部是八万法藏十二部经中的恶鬼罗刹的名字。可是，转眼之间，船已经驶远了，那女人还在低头哭泣着。我在沙滩上一边气得直跺脚，一边挥动着双手，大喊着：'回来，回来！'"

尽管主人非常生气，但在我聆听他讲述的过程中，他都一直面带自然的微笑。接着，他又一边笑着，一边露出无可奈何的表情，说道：

"我不停挥手的那一幕已经到处传开了，看来这也是嗔恚的报应吧。当时如果我没有动怒，那么也就自然不会有人说，俊宽大人因回京心切，终致精神错乱了。"

"但是，莫非那以后，就再也没有什么特别让您感叹的事情了吗？"

"感叹又有何用呢？随着时间的流逝，寂寞之情也逐渐消退。如今除了想谒见真正的佛陀，我的心中已不再有任何的欲望。如果抱着'自土即净土'的想法，那么欢快的笑声就必然如同火山喷发的火焰一般，自然地奔泻而出。我永远都是一个自我力量的信徒——喔，我还忘了一点。那女人一直埋头哭泣着，一动也不动。不久，围观的土著人也渐渐散去了，而船也在蓝色的天际隐没了。因为太过可怜，我不由得想安慰安慰那个女人，于是悄悄伸出手想从背后抱起她来。你猜那女人怎么着了？她猛然间使劲用手把我一推，于是我在一阵晕眩之中倒在了地上。想必寄居在我肉身中的诸佛诸菩萨诸明王，也都大吃了一惊吧。可是当我好不容易爬起来一看，发现那女人已朝着村子那边无精打采地走远了。她干吗要把我推翻在地呢？其中的缘由只有去问那女人了。或许她是认为我想趁着四周没人，对她图谋不轨吧？"

五

　　第二天，我和主人一道登上了这座孤岛的火山。接着，我又在主人身边待了一个月左右。然后，我怀着恋恋不舍的心情回到了京城。"愿吾有友人，尽览海边之茅庵。"——这就是主人作为离别留念馈赠于我的和歌。俊宽大人至今仍旧在孤岛上那用竹叶葺就的房屋里，一个人优哉游哉地生活着吧？或许今夜他又会一边嚼着琉球番薯，一边思考着佛陀之事，思考着天下之事吧？关于这些，我也听说了不少，看什么时候再讲给你听吧。

　　　　　　　　　大正十年（1921）十二月

　　　　　　　　　　　　　（杨伟　译）

将军

1　文中的将军（Z阁下）暗指日本陆军大将乃木希典（1849—1912）。日俄战争期间，他不惜牺牲众多士兵的生命攻下了旅顺口。后于明治天皇逝世的当天剖腹自杀。

一 白襷队 [1]

这是明治三十七年（1904）十一月二十六日的拂晓时分。第 X 师第 X 联队的白襷队为了夺取松树山上的备用炮台，从九十三高地的北麓启程出发了。

道路沿着山阴逶迤而行，因此今天的队形也格外特别，排成了四列纵队蜿蜒前进。在寸草不生的昏暗道路上，一队士兵手持步枪并肩行进着。他们一边发出轻轻的脚步声，一边依稀露出袖口上的白色布带。这无疑是悲壮的一幕。现任指挥

---

[1] 襷是日本古代过节时或到高官显贵面前时用来挽和服长袖的带子，斜系在两肩上，在背后交叉。这里是敢死队的标志。

官 M 大尉从站在队伍的前列时起，就俨然和之前判若两人，阴沉着面孔，陡地变得沉默寡言了。但出人意料的是，士兵们并没有失却往日的气势。这首先得归功于所谓日本国民精神的力量，其次则多亏了酒精的威力。

在前进了少顷之后，队伍从岩石叠嶂的山阴来到了处在风口上的河床地带。

"喂，你转身看看背后！大伙儿都在朝我们这边敬礼呢！"田口一等兵对从同一个中队选拔出来的堀尾一等兵说道。据说前者原来是开纸店的，而后者则是木匠出身。

堀尾一等兵回过头来一看，果然就像田口所说的那样，在黑黢黢的高高隆起的山冈上，以联队队长为首，好几名将校正背对微微泛红的天空，向这队奔赴死亡之地的士兵致以最后的敬礼。

"怎么样，很了不起吧？能成为白襷队队员，不也是一种荣耀吗？"

"有什么可荣耀的？"堀尾一等兵表情苦涩，把肩头上的步枪往上颠了颠，"俺们不外乎全都是去送死呗。如此看来，×××××××××××××××¹，世上哪有这等便宜的好事呢？"

"那可不对！你说那种话，可对不住×××啊！"

"胡说！哪有什么对得住对不住的！即便是到小酒店打一合²酒，如果仅凭敬个礼，人家也是绝不会白给你的！"

田口一等兵噤口不语了。这是因为他已经对对方的脾气了如指掌，知道只要一杯酒下肚，他就会满口都是风凉话。这不，堀尾一等兵还在执拗地唠叨着：

"我又不是说要凭敬礼去换个什么。什么×××××啦，什么×××××啦，不是尽说些冠冕堂皇的话吗？但那全都是胡说八道呀。喂，兄弟，你说是不是？"

堀尾一等兵的这话是对同一个中队的江木上等兵说的。江木是个老实憨厚的人，据说曾经当

---

1 原作表示被检察官删除的字，下同。

2 "合"是日本容积单位，一合为180毫升，十合为一升。

过小学教师。可不知为什么，就是这个老实憨厚的上等兵恰恰在这时候露出了一副凶狠的模样，朝着对方散发着酒气的脸上，抛出了一句尖刻而恶毒的话语：

"你这个混蛋！难道俺们的天职就是送死不成？"

这时，白襻队已经翻过了河床地带。那儿有七八栋中国百姓的泥巴墙房屋，正悄无声息地迎接着拂晓……在这些民房的屋顶上，茶褐色的松树山露出如同石油颜色般冷冰冰的岩褶，霍然耸立在眼前。队伍一离开这个村落，就立即解散了四列纵队的队形。不仅如此，队员们还个个都全副武装，匍匐在几条道路上，向敌人跟前靠近。

不用说，江木上等兵也夹杂在中间向前爬行。"即便是到小酒店打一合酒，如果仅凭敬个礼，人家也是绝不会白给你的！"——堀尾一等兵的这句话，同时也道出了他的心声。但沉默寡言的他只是把这种想法埋藏在心底罢了。也正因为如此，战友的话更是在他心中唤起了一种令人愤懑的悲哀，恍若揭开了他身上的疮疤一样。他一边在封冻的道路上像野兽一般匍匐而行，一边思考着关于战争和死亡的事情。然而，他却没能从那些思考中获得一星半点的光明。即便死亡是×××××，可归根结底，毕竟是一种令人诅咒的怪物。战争——他的脑子里甚至缺乏这样一种概念：战争乃是罪恶的。与战争相比，因为罪恶植根于个人的热情，所以反倒还有可以×××××××的余地。可战争却不外乎是×××××××××××××。更何况他——不，不仅仅是他，从各个师团选拔出来的两千多名白襻队成员，仅仅为了那伟大的×××，不管愿意与否，都不得不去送死……

"来了，来了。你是哪个联队的？"

江木上等兵这才环视了一下四周。原来，队伍不知不觉已经抵达了位于松树山麓的集合地。这儿早就聚集了不少各个师团的士兵。他们全都身穿土黄色的军服，袖口束着古色古香的带子——正是那帮人中的某个士兵朝他打了声招呼。

只见那士兵坐在石头上，在早晨熹微的光线中挤弄着半边腮帮子上的粉刺。

"第 × 联队。"

"原来是饭桶联队呀！"

江木上等兵依旧板着一张脸，没有搭理对方的这句玩笑话。

几个小时之后，在这步兵阵地的上方，敌我双方的炮弹开始你来我往，发出一阵阵尖厉的叫声。就连耸立在眼前的松树山，也因我方驻扎在李家屯的海军所展开的炮击，无数次扬起了黄色的尘烟。在尘烟飞扬的间隙里，还迸射出一道道浅紫色的亮光，在大白天里显得尤其悲壮。但两千人的白襻队就是在这样的硝烟炮火中等待着战机，丝毫也没有丧失平日的威风。而事实上，为了不向恐惧投降，他们也只能强装出一副快活的样子。

"打得真他妈厉害！"

堀尾一等兵抬起头，望着天空说道。而就在这时，一道长长的炮声再次撕裂了他头顶上的空气。他不由自主地缩起脖子，朝田口一等兵搭腔道：

"这次肯定是 28 厘米的！"

或许是为了遮挡住纷扬的尘土吧，田口一等兵一直用手巾掩着鼻孔。现在听他这么一说，不禁向他送来了一个笑脸，为了不被他发现，还悄悄把手巾藏进了荷包里。说来，这还是田口出征时，那个相好的艺妓送给他的花边手巾呢。

"28 厘米炮弹的声音，才不是这样的呢……"

田口一等兵话音刚落，就忙不迭地端正了姿势。与此同时，就像是听到了什么无声的号令一样，众多的士兵一个个全都在原地重新站好了姿势。原来，是军部司令官 N 将军带领着几个幕僚，一副威严的模样朝着他们这边走了过来。

"喂，不要吵！不要吵！"将军一边环视着阵地，一边用微微嘎哑的嗓音说道，"这地方够窄的，就不用敬礼什么的了。你们是第几联队的白襻队呀？"

田口一等兵感到将军的目光正一动不动地投

落在自己的脸上，那目光足以让他变得像个处女似的羞涩不已。

"报告将军，是步兵第 X 联队的。"

"是吗？那就好好给我干吧！"

说着，将军握了握他的手，然后，又把目光转向了堀尾一等兵。这一次，他同样伸出了右手，重复了一次刚才的话：

"你也好好给我干吧！"

听到这话，堀尾一等兵仿佛全身的肌肉都僵硬了，一下子直立不动了。宽宽的肩膀、大大的手、高高的颧骨、红红的脸膛——他的这些特征，似乎至少给这个老将军留下了不错的印象，觉得他就是帝国军人的楷模。将军站在那里，继续热情洋溢地说道：

"现在攻打的那座炮台，今晚你们就要把它夺过来！这样一来，预备队就可以跟随你们，将那一带的炮台全数攻下了。你们必须抱着一举攻克那座炮台的决心……"说着说着，不知何时，将军的声音里竟然多少带上了一种演戏式的激奋腔调，"行吗？决不要在途中停下来射击，要把自己的五尺身躯当作是一枚炮弹，冷不防向敌阵猛冲上去。那就拜托你们了，你们一定要好好干呀！"

将军就像是要传达出"好好干"的含义一样，紧紧握了握堀尾一等兵的手，然后从那儿走了过去。

"也没什么可高兴的……"堀尾一等兵面带狡黠的表情，一边目送着将军的背影，一边朝田口一等兵递了个眼色说道，"喂，跟那样一个老头子握手，有什么稀罕的？"

田口一等兵露出了苦涩的微笑。看见他的这副表情，不知为什么在堀尾一等兵的心中竟萌生了一种莫名的歉疚。与此同时，对方的那种苦笑又引发了某种近于憎恶的情愫。正在这时，江木上等兵突然从一旁搭讪道：

"怎么样，一握手就 × × × × 了吗？"

"跟着别人鹦鹉学舌，这可使不得，使不得哟。"

这次堀尾一等兵也忍不住苦笑了。

"正因为想到 ×××，所以我才气不打一处来呢。我可是豁出这条命了。"

江木上等兵刚一说完，田口一等兵也开口说道：

"是啊，大伙儿谁不想为国捐躯呢？"

"也不知道是为了什么，反正我只是豁出这条性命来罢了。要是把 ×××××××× 对准了你，你恐怕也会豁出去吧？"江木上等兵的眉宇间跃动着一种阴郁的亢奋，"说来正好就是那样一种心情呗。强盗一旦抢走了钱财，是绝对不会说 ××××××× 的吧。而我们是注定要送死的，是 ×××××××××××××××××× 的。倘若注定要送死，那何不死得干干脆脆？"

听着听着，在堀尾一等兵那酒意未消的眼睛里，竟然平添了一种光芒，那是对眼前这个温厚战友的轻蔑表情。"豁出性命，算得了什么。"他就这样在心里嘀咕着，抬起头凝眸仰望着天空。他暗自下定决心，为了报答将军的握手之恩，今晚一定抢在众人前面充当炮灰……

那天夜里八点刚过几分，江木身中手榴弹，被炸成焦黑的一团，倒在了松树山的山腰上。这时，一个系着白布带的士兵一边断断续续地叫喊着什么，一边穿过铁丝网跑了过来。一看见战友的尸体，他就用一只脚踏在尸体的胸膛上，突然大声笑了起来。那笑声是如此巨大，以至于在敌我双方的激烈炮火声中，它引发了一阵令人毛骨悚然的回音。

"万岁！日本万岁！降服恶魔！击退宿敌！第X联队万岁！万岁！万万岁！"

他用一只手挥动着步枪，不停地高声呐喊着。手榴弹划破眼前的黑暗，发出一阵阵爆炸声，也没能引起他的注意。透过亮光可以看见，那个人就是堀尾一等兵。因为头颅中弹，他似乎已经在突击中精神失常了。

二　间谍

明治三十八年三月五日的上午，驻扎在全胜集的 A 骑兵团参谋，正在司令部某个昏暗的房间里审讯两个中国人。因有间谍罪嫌疑，他们被临时编入这个旅团的第 X 联队的哨兵捉获而来。

在这栋屋脊低矮的中国式房屋里，不用说，点燃的烟火今天也同样飘漾着快慰的暖意。但不管是马刺碰击地砖路面的声音，还是脱下来放在桌子上的外套颜色，到处都可以窥探到战争的悲凉气氛。特别是在张贴着红纸对联的灰扑扑的白墙上，竟然用图钉端端正正地钉着一幅束文艺妓的照片，这既显得滑稽可笑，又显得不胜悲惨。

除了旅团参谋以外，还有一位副官和一位翻译围坐在那两个中国人身边。中国人按照翻译的提问，一一给予了明确的回答。不仅如此，那个稍微年长的、脸上蓄着短胡须的男人，甚至对翻译尚未问及的事情，也大有主动说明的架势。然而，他的回答越是明确，似乎就越是在参谋的心中唤起了一种近于反感的东西，认定他就是间谍。

"喂，步兵！"

旅团参谋从鼻子里发出一阵声音，对着那个将两名中国人捉获归案的步哨叫唤道。事实上，这个站在门口的步兵，就是加入了白襷队的田口一等兵。——他背对着卍字的格子门，一直把视线投射在艺妓的照片上，这下却被参谋的叫声吓了一跳，于是大声回答道：

"是！"

"把他们抓来的人，就是你吧？抓住他们的时候，情况是怎么样的呢？"

性格敦厚的田口一等兵就像是在朗读什么似的，说道：

"我站岗的地方，就在这个村子土墙的北端，也就是通往奉天的街道上。这两个中国人从奉天的方向走了过来，于是，爬在树上的中队长就……"

"什么？爬在树上的中队长？"参谋稍稍抬起

了眼皮问道。

"是的。中队长为了便于瞭望，特意爬到了树上——就是中队长从树上命令我，要我抓住这两个人的。可是，我刚想抓住他们，那边的那个男人——就是那个没有胡须的男人，突然想拔腿逃跑……"

"仅此而已吗？"

"是的，仅此而已。"

"好的，我明白了。"

旅团参谋那张肥胖的脸上露出了多少有些失望的神情，随即向翻译表述了自己想问的内容。翻译为了不让人看出他的无聊，故意在声音里倾注了力量，问道：

"如果不是间谍，那干吗要转身逃跑？"

"想转身逃跑，也是理所当然的吧。不管怎么说，毕竟突然看见冒出来一个日本兵呢。"另一个中国人——皮肤呈铅色、俨然像是鸦片中毒的男人——毫不胆怯地回答道。

"可你们，不是走在即将变成战场的街道上

吗？倘若真是良民，又怎么会没事跑到这里来？"

能说一口中国话的副官用不怀好意的目光瞅了瞅中国人那张没有血色的面孔。

"不，我们是有事而来的。就像刚才也说过的那样，我们是到新民屯来换纸币的。你瞧，这儿不是纸币吗？"

那个蓄有胡须的男人泰然自若地打量着将校们的脸。参谋用鼻腔哼了一声。看见副官踌躇逡巡的样子，他的内心不免有些幸灾乐祸……

"换纸币？冒着生命危险？"副官露出了不甘示弱的冷笑，"总之，先脱光他们的衣服搜搜看吧！"

刚一把参谋的话语翻译过去，两个中国人就毫不畏葸地马上脱掉了衣服。

"肚子上不是还系着腹带吗？把那玩意儿也解掉吧！"

当翻译官接过对方解下的腹带时，不知为什么，那白色棉布上残留的体温让他涌起了一种不洁的感觉。在腹带中间扎着一根近三寸长的铁针。

旅团参谋借助窗口的光线，三番五次地检查着那根铁针。然而，除了扁平的针头上带有梅花的图案之外，就再也没有什么蹊跷的地方了。

"这是什么？"

"我是针灸医生。"

蓄着胡须的男人没有露出一星半点的犹豫，从容不迫地回答着参谋的问题。

"顺便把鞋子也脱掉吧！"

他们几乎是毫无表情地照办着，甚至不曾想遮蔽那些应该遮掩的部位，只是等候着检查的结果。裤子和衣服自不用说，就是对鞋子和袜子仔细查看，也没有发现任何构成罪证的东西。接下来就只剩把鞋子剖开来看了——副官这样思忖着，正要想告诉参谋。

可就在这时，突然从隔壁的房间里走来一大帮人。前头是军部的司令官，还有司令部的幕僚和旅长等人。原来，为了协商某件事情，恰好将军与副官、军部参谋一起前来约见旅长。

"是俄国的间谍吗？"

将军这样问了一声，然后就那样在中国人跟前停住了脚步。只见他把锐利的目光一动不动地投落在那两个赤裸的身体上。后来曾有一个美国人毫不客气地评价道，在这个著名将军的眼睛里，有着某种近似于monomania（偏执狂）的特征——那种近于偏执狂式的眼神，在这种场合下更是平添了一种令人不寒而栗的光芒。

旅部参谋简要地向将军报告了整个事件的始末，但将军只是不时地点点头。

"事到如今，就只能用严刑拷打来迫使他们招供了……"

参谋刚一这样说完，将军就用拿着地图的手指了指中国人脱在地上的鞋子，说道：

"把那鞋子剜开看看！"

转眼之间，鞋底就被剜开了。于是，被缝缀在里面的四五张地图和秘密文件一下子散落在了地面上。见此情景，就连那两个中国人也不由得大惊失色，但却依旧一声不吭，固执地注视着砖砌的地面。

　　"我估摸着会是这样。"将军一边回过头看着旅长，一边得意扬扬地露出了微笑，"不过，在鞋子上做文章，倒的确是很有心计呢。喂，快让这两个家伙穿上衣服吧！ —— 这样的间谍还是第一次见到呢。"

　　"司令官明察秋毫，让人不胜敬佩。"

　　旅部副官一边把两个间谍的罪证交给旅长，一边露出了谄媚的笑容 —— 仿佛业已忘却了自己早在将军之前便已经怀疑到鞋子这件事一样。

　　"不过，倘若一丝不挂都没有找到罪证的话，那么，除了鞋子以外，还能藏在什么地方呢？"将军还处在亢奋之中，"所以，俺一下子就认准了那鞋子。"

　　"这一带居民的良心实在是坏。我们进入此地时，他们还故意挂出太阳旗来迎接我们，可到他们家里去一搜查，发现大都藏着俄国旗子呢。"

　　不知为什么，旅长也是一副喜不自禁的表情。

　　"总而言之，就是奸诈无比呗。"

"是的，是一帮很难对付的刁民。"

在这番对话继续进行的过程中，旅部参谋还在和翻译官一起搜查着两个中国人。突然，他把一张极不高兴的脸转向田口一等兵，恶狠狠地命令道：

"喂，步兵！既然这两个间谍是你抓来的，那就由你来毙掉他们吧！"

二十分钟以后，在村子南端的道路旁，两个中国人的发辫被人捆绑在一起，就那样坐在了干枯的柳树根上。

田口一等兵首先用刺刀挑开了他们的辫子，然后，端着枪站到了那个年轻一些的男人背后。但在杀死对方之前，他琢磨着，至少得先跟对方打个招呼。

"你——"他开口说道，但却不知道"毙"用中国话该怎么说，"你——我毙了你们！"

两个中国人不约而同地回头望着他，但脸上却没有流露出半点惊慌的表情，只是朝着各自的方向开始接二连三地叩头。"他们在向故乡告别呢。"——田口一等兵一边做出动手杀人的架势，一边如此解释着叩头的意义。

在叩头大致结束之后，就像是已经豁出去了一般，那两个人大义凛然地向前伸出了脖子。于是，田口一等兵举起了手中的刀枪。可一看见他们那奇妙的样子，却怎么也无法下手。

"你——我毙了你们！"

他不由得又重复了一遍。就在这时，一个跨在马上的骑兵从村子那边飞驰而来，在脚下卷起了一阵阵尘土。

"步兵！"

那骑兵靠近后一看，原来是曹长。一看见那两个中国人，他便一面放缓马蹄，一面趾高气扬地朝田口一等兵说了声：

"是俄国间谍吗？对吧，让我也来动手斩掉一个吧！"

田口一等兵发出了苦笑，说道：

"你说什么呀？把两个都交给你好啦。"

"是吗？你可真是慷慨！"

骑兵从马上翻身而下，并绕到中国人的背后，拔出了腰间的日本刀。这时，伴随着雄壮的马蹄声，又有三个军官从村子那边策马而来。但骑兵却不顾这些，当头举起了手中的大刀。可不等那大刀落下，三个军官便已优哉游哉来到了他们旁边。"司令官！"骑兵和田口一等兵一起，一边抬头仰望着马背上的将军，一边恭恭敬敬地行了个举手礼。

"是俄国间谍呀，"将军的眼睛里倏然掠过了偏执狂式的光芒，"斩掉！斩掉！"

骑兵当即挥动大刀，一下子朝那个年轻的中国人头上砍去。只见那个中国人的脑袋翻滚着，飞落到干枯的柳树根下。瞬间，鲜血在发黄的泥土上漫延出一个个巨大的斑点。

"很好！干得不错！"

将军一面喜形于色，点着头，一面驱赶着马儿走远了。

骑兵目送着将军离开之后，又提着沾满鲜血的大刀，站到了另一个中国人身后。他的一举一动给人一种似乎他比将军更喜好杀戮的感觉。"如果是这个 ×××× 的家伙，我也敢杀呢。"田口一等兵这样思忖着，坐到了干枯的柳树根上。这时，骑兵又举起了手中的大刀。可那个留着胡须的中国人却只是默默地伸出脑袋，连眼睫毛也没有动弹一下……

跟在将军身后的军部参谋之一——穗积中佐，这时正在马鞍上眺望着春寒料峭的旷野。然而，不管是那些遥远的枯木，还是倒立在路旁的石碑，都没有进入他的视线。他的脑子里总是浮现出一度爱不释手的司汤达作品中的一句话：

"一看见那些戴满勋章的人，我就禁不住想，他们为了得到那些勋章，做了多少 ×× 的事情……"

——他忽然回过神来，发现自己的马儿早已远远地落在了将军后面。中佐轻轻地打了个寒战，然后催着马儿向前赶去。只见马缰上的金属在微弱的阳光下熠熠闪亮。

三　阵地上的演出

明治三十八年五月四日，在驻扎于阿吉牛堡的第 X 军司令部里，上午刚刚举行了招魂祭，又决定下午召开余兴表演大会。会场用的是那种中国乡村常有的露天戏台。说来，不外乎是在突击搭建的舞台前面悬挂了一层大幕而已。可是，在预定的开演时间——一点钟之前，一大批士兵便早早地聚集在了这个铺着草席的会场里。这些士兵穿着有些肮脏的土黄色军服，腋下挎着一把刺刀。他们无疑是一帮太过可悲的看客，以至于即便把他们叫作观众，也让人觉得不无讽刺的意味。但正因如此，看见他们脸上浮现出快活明朗的微笑，不免更给人一种可怜的感觉。

以将军为首，司令部和军需部的军官们，还有外国的随军武官们，全都并排坐在后面的小山丘上。在这儿能看见那些参谋的肩章，还有副官们袖口上的带子。哪怕只凭这一点也能感到，这儿飘漾着一种远比一般士兵的观众席更加华贵张扬的气氛。特别是那些外国的随军武官，就连他们当中某个愚蠢得臭名昭著的家伙，也能为助长这种华贵张扬的气氛，起到比司令官更加有效的作用。

将军今天也是神清气爽，一边和某个副官聊着什么，一边不时翻开节目表仔细打量着。——在他的那双眼睛里，也始终荡漾着如同阳光般和蔼可亲的微笑。

不一会儿，就到了开演的时间——一点钟。在巧妙地描绘着樱花和太阳的幕布后面，几次沙哑的梆子声响起。与此同时，幕布在负责余兴节目的少尉手中，被一股脑儿拽向了舞台的一侧。

舞台被装饰成了日本的室内景色。堆积在房间一隅的米袋向观众们预示着，剧情发生在一家大米店里。扎着围裙的米店老板拍着手连声叫道："阿锅！阿锅！"于是，走出了一个比他个子还高大、扎着银杏卷发型的女佣。接着，一出情节不足挂齿的滑稽小品就这样拉开了序幕。

每当舞台上开始一场闹剧，坐在草席上的观

众那儿，就会爆发出一阵阵哄笑。不，甚至后面的那些军官也大都发出了笑声。就像与这种笑声较劲一样，演出越发增添了滑稽的成分。最后，终于出现了穿着丁字形兜裆布的主人与只穿一条红内裙的女佣扭揪在一起，进行相扑的场面。

笑声变得越发高亢了。军需部的一个大尉为了迎接这一滑稽的场面，甚至已经做好了击掌叫好的准备。可就在这时，一阵粗暴的斥责声恍若抽动着鞭子一般，压住了鼎沸的笑声。

"这种丑态算什么玩意儿？快拉上幕布！赶快拉上！"

这声音分明来自将军。将军将戴着手套的双手搭在粗大的刀柄上，表情严峻地盯着舞台。

掌管幕布的少尉按照将军的命令，仓皇地拉上幕布，掩住了那些惊慌失措的演员。与此同时，除了轻微的叫声以外，草席上的观众们也全都静悄悄地噤口不语了。

和外国的随军武官们一样，坐在同排席位上的穗积中佐，也不禁对眼下的这片沉默深感同情。

尽管滑稽小品在他的脸上没有引发出笑容，但却并不妨碍他对观众们的盎然兴趣抱着同情的态度。那么，在外国武官面前表演赤身裸体的相扑，是否适宜呢？——若是论注重体面，不能不说，曾在欧洲留学数年的他对外国人的心理所知甚详。

"怎么啦？"法国军官像是不胜惊讶一般，回头看了看穗积中佐，问道。

"将军下令停止演出。"

"为什么？"

"因为过分粗俗呗——要知道，将军讨厌粗俗的东西。"

就在这一问一答之间，舞台上的梆子声又响了起来。或许是因为这响声恢复了元气吧，刚才还死一般寂静的士兵们此刻竟拍起手来。穗积中佐也如释重负地环顾着四周。而坐在周围的军官们则多少有些顾忌，忽而把视线对准舞台，忽而把视线从舞台上挪开。——其中唯有一个人依旧把手搭在军刀上，目不转睛地盯着刚刚拉开幕布的舞台。

接下来的一幕与此前的内容恰好相反，乃是一出人情味十足的老戏。舞台上除了屏风，还摆放着一盏点燃的方形纸罩座灯。那儿，一个颧骨隆起的半老徐娘正和一个脖子短粗的商人对饮。半老徐娘不时用尖厉的嗓音叫那个商人"大少爷"。——而穗积中佐压根就没有看舞台，而是沉浸在自己的回忆中：一个十二三岁的少年倚靠在柳盛座[1]二楼的栏杆上。舞台上有樱花的垂枝，还有灯火阑珊的街道布景。被戏称为两文钱之团洲[2]的和光[3]所扮演的不破伴左卫门[4]正手持草笠，来了个绝妙的亮相。少年屏住呼吸，如痴如醉地凝视着舞台。是啊，他也曾有过那样的时代……

"停止演出！怎么还不拉上幕布？快呀，快拉上幕布！"

---

1 明治时代东京的一座面向大众的歌舞伎剧场。

2 团洲乃是歌舞伎名优市川团十郎的别称。所谓"两文钱之团洲"（原文为"二钱の团洲"）则指坂东又三郎，因其表演擅长模仿团十郎且价钱便宜而得此戏称。

3 即坂东又太郎。幼名为方四八，在柳盛座演出时改名为和光，后在宫户座时改名为坂东又三郎。

4 歌舞伎演员市川家传的十八出拿手戏之一。

将军的声音就恍若一颗炸弹，把中佐的回忆炸成了碎片。中佐重新把目光掉向舞台。只见少尉张皇失措地拽着幕布，在舞台上奔跑着。依稀可见男女的衣带悬垂在屏风上面。

中佐不由苦笑。"演出的负责人也未免太不识相。既然将军连男女相扑都禁止演出，那么，对男欢女爱的场面当然更是不可能袖手旁观了。"他一边这样思忖着，一边朝发出斥责之声的席间放眼望去，只见将军正一脸不高兴的神情，在那儿与负责演出的一等会计员说着什么。

这时，中佐无意中听到那个说话刻薄的美国武官对邻座的法国武官说道：

"N将军也真够累的，既要当司令官，又要当检察官……"

最终第三幕剧开演，是在又过去了十分钟以后。这一次即便开场时同样敲响了梆子，士兵们也不再拍手叫好了。

"真是可怜！就好像是被人监督着看戏一样。"

——穗积中佐仿佛不胜怜悯似的环视着那帮

身穿土黄色军装、连话也不敢大声说的人。

　　第三幕剧的舞台在黑色幕布的前面设置了两三棵柳树。或许是从什么地方砍伐而来的吧，只见那些树上还长着鲜活的柳叶。一个满脸胡须、像是警部[1]模样的男人正在那儿欺负一个年轻的巡警。穗积中佐有些疑惑地看了看节目表，只见上面写着：《持枪盗贼清水定吉在大川端被捕之一幕》。

　　待警部一离去，年轻的巡警就一边夸张地仰望着天空，一边叹息着开始了漫长的独白。大意是一直跟踪持枪的盗贼，却总是没能把对方缉拿归案。就在说着的当口，他看见有人影晃动。为了不被对方发现，他决定跳进大川的河水中躲藏起来。他匍匐着，把脑袋藏进了背后的黑幕里。可无论怎么看，那模样都不像是藏进了大川的河水里，毋宁说倒像是钻进了一顶蚊帐里。

　　好一阵子，空旷的舞台上都只有那种让人

1　日本警察的职称之一。

联想到波浪滔滔的大鼓声。突然有一个盲人从舞台的一侧走了出来。盲人拄着拐杖，正要径直走进舞台的另一侧。——就在这时，刚才那个巡警从黑幕后面跳将出来，大声呵斥道："持枪盗贼清水定吉，你被捕了！"——话音未落，他就冷不防朝盲人猛扑上去。盲人立刻摆好迎战的架势，与此同时，蓦地睁开了眼睛。"只可惜眼睛太小。"——中佐一边微笑着，一边在心里作了一番孩子气的评价。

舞台上已经开始了格斗。持枪盗贼不枉诨名所示，果然携带着一把手枪。两枪、三枪——手枪不断吐出火舌。但巡警英勇无畏，终于用绳子套住了这个伪装的瞎子。这下，士兵们也不由得群情激奋，但却仍旧没有发出任何声响。

中佐把目光转向了将军。将军依然全神贯注地注视着舞台，但他的那张脸已经比刚才显得柔和了许多。

这时的舞台上，警察署长及其部下突然从一侧冲将出来。而巡警在与假盲人的搏斗中，因被枪弹击中而昏迷不醒。署长立刻对其进行急救，而部下们则当即把持枪盗贼绑了起来。这时的舞台变成了署长和巡警像旧式戏剧那般大肆悲叹的场所。署长如同对以前的奉公英雄那样，问巡警是否有什么遗嘱留下。巡警说，自己在家乡还有一个老母。署长说，令堂的事，你就不用担心了。此外，弥留之际是否还有其他事情让你牵肠挂肚？巡警说，我别无牵挂了，能够抓住持枪盗贼，我已死而无憾。

——这时，鸦雀无声的场内三度响起了将军的声音。不过，这一次可不是斥责之声，而是感佩万分的叹息之声。

"了不起的家伙！正因如此，才堪称日本男儿啊。"

穗积中佐再次把目光悄悄投射到将军身上。他看见将军那被太阳晒得黧黑的面颊上竟然闪烁着泪痕。"将军乃是善良之人呢。"——除了轻微的蔑视，中佐也开始对将军萌发了一种明朗的好感。

这时候，在盛大的喝彩声中，帷幕慢悠悠地拉上了。穗积中佐趁机从椅子上欠身起来，走到了会场外面。

三十分钟以后，中佐叼着烟卷，和同是参谋的中村少佐在村头的空地上来回彳亍着。

"第 X 师团的表演真可谓大获成功，N 阁下也非常高兴。"

即便这么说的时候，中村少佐也还在用手捋着自己那威廉二世式的胡须。

"第 X 师团的表演？喔，你是指那出持枪盗贼的戏吗？"

"倒不仅仅是指那出戏。后来，阁下又叫来了演出的负责人，让他们再临时追加一幕。这一次演的是赤垣源藏[1]。对了，那出戏叫什么来着？是叫《把酒话别》吧？"

穗积中佐用微笑着的眼睛眺望着广袤的荒原。只见阳光照射在长满绿色高粱的土地上，升腾起

---

1 《忠臣藏》狂言中的人物。原型据说是赤穗浪士中的赤垣重贤。

一股股不起眼的热浪。

"而这出戏也同样是大获成功，"中村少佐继续说道，"据说，阁下又让第 X 师团的演出负责人今天晚上七点再去张罗一台曲艺表演呢。"

"曲艺表演？莫非是想让人表演单口相声？"

"哪里呀，据说是表演评书呢。《水户黄门巡游诸国》……"

穗积中佐露出了苦涩的微笑。但对方却毫不介意，兀自用兴奋的语气继续说道：

"据说阁下喜欢水户黄门。他曾说道，俺作为人臣，对水户黄门和加藤清正怀有最大的敬意。"

穗积中佐没有回答，只是仰望着头顶的天空。天空中那些细碎的云母模样的云彩，在柳叶中间听凭风儿的吹拂。中佐有些如释重负地吁了口气。

"虽说是中国东北，可眼下也已是春天了呢。"

"国内或许已经穿夹衣了吧。"

中村少佐想到了东京，想到了擅长烹调的妻子，想到了正在上小学的孩儿。于是——他多少变得有些忧郁起来。

"那边开着杏花呢。"

穗积中佐指着开放在远远土墙上的一大笼红花，兴高采烈地说道。Ecoute-moi, Madeline[1]……不知不觉之间，中佐的脑海里浮现出了雨果的诗句。

四 父与子

大正七年（1918）十月的某个夜晚，中村少将——当年他还只是军部参谋中村少佐——嘴上叼着点燃的哈瓦那雪茄，茫然地倚靠在西式客厅的安乐椅上。

二十多年的赋闲岁月将少将变成了一个令人爱戴的老人。特别是今夜，或许是因为穿着和服的缘故吧，在他那光秃秃的脑门周围，还有肌肉

---

1 Ecoute 应为 ecouté，Madeline 应为 Madeleine。意思是"玛德琳，请听我说"。

松弛的嘴角上都萦绕着一种氛围，使他越发显得像一个大好人。少将倚靠在椅子的后背上，悠然地环顾周遭，然后他突然发出了一声叹息。

室内的墙壁上到处挂满了画框，里面的影印画似乎全都是西洋画的复制品。其中一幅乃是倚窗而立的寂寞少女的肖像画，还有一幅则画的是阳光透过柏树枝叶的风景。在电灯光下，它们给这间古色古香的客厅平添了一种寒峭得有些古怪的肃穆气氛。但不知为什么，那种气氛对少将来说并非是愉快的。

沉默了几分钟之后，少将突然听到从室外传来了轻轻的敲门声。

"请进！"

话音刚落，一个身穿大学制服的高个子青年翩然出现在房间里。青年一站到少将跟前，就把手搭在那儿的椅子上，劈头盖脸地问道：

"有什么事吗，父亲？"

"唔，你先坐下吧！"

青年顺从地坐下了。

"什么事？"

少将在回答之前，有些纳闷地瞅了瞅青年胸前的铜纽扣。

"今天你这是——"

"今天举行了河合的——想必父亲不知道这个人吧，他和我一样学的文科——对，我参加了河合的追悼会，刚回来。"

少将点了点头，先吐出一口哈瓦那雪茄的浓郁烟雾，然后才勉强切入正题道：

"这些墙壁上的画，都是你给换上的，对吧？"

"是的，还没有来得及告诉父亲，这是我今天早晨刚换的。有什么不妥吗？"

"那倒不是。尽管没什么不妥的，不过我琢磨着，唯独那幅 N 阁下的肖像画，至少还得挂上去吧。"

"挂在这些画中间吗？"

青年情不自禁地微微一笑。

"不能挂在这些画中间吗？"

"也不是说不行。——可是，那不是显得颇为滑稽吗？"

"那儿不是也挂着肖像画吗？"

少将用手指了指壁炉上方的墙壁。镶在画框里的五十多岁的伦勃朗，正从那面墙上悠然自得地俯瞰着少将。

"那又另当别论，是不能和 N 将军混在一起的。"

"是吗？那就没办法了。"

少将轻易地就放弃了自己的主张，但他又一边吐着烟圈，一边静静地继续说道：

"你——不如说你们这辈人，究竟对阁下作何感想？"

"也说不上什么感想。大体说来，也还算是个了不起的军人吧。"

青年发现，父亲的眼神显然带着晚酌后的醉意。

"阁下是一个了不起的军人，但又不乏长者的风范，待人和蔼可亲……"

少将几乎是不无感伤地讲起了将军的逸事。那还是在日俄战争之后，少将前往那须野的别墅拜访将军时的事情。那天到别墅去一看，守门人告诉他，将军夫妇刚刚到后山去散步了。少将知道路该怎么走，便决定马上到后山去。刚一走出两三百米远，就看见身穿棉袄的将军与夫人一道伫立在那里。于是，少将就和这对年迈的夫妇站在原地，聊了起来。可是过了很久，将军也不肯离开那儿。少将问道："您在这儿有什么事吗？"不料将军立刻笑了起来，说道："是这么回事，刚才我老伴想解个手，于是同来的学生们[1]就分头去找地方了。"说来恰好就是现在这个季节吧，当时路边还到处散落着毛栗子呢。

说到这儿，少将眯缝起眼睛，独自快慰地露出了微笑，然后接着讲了下去。

这时，四五个精神抖擞的学生们同时从色彩斑斓的树林中跑了出来。他们并不介意少将在场，

---

1 乃木希典曾在日俄战争结束后被任命为学习院院长。

只顾着把将军夫妇包围起来，七嘴八舌地报告着各自为夫人找到的地方，并且为了让夫人选择自己找到的地点，竟然天真地争执起来。"好吧，那就请你们用抽签来决定吧！"将军这样说道，然后又再次对着少将笑了……

听到这儿，青年也不由自主地笑了，说道：

"这倒是一个无伤大雅的故事，但却不适合讲给西洋人听。"

"就是这样。即便是十二三岁的中学生，只要说是 N 阁下，就会像对待叔叔那样亲近他。阁下决非如你们想象的那样，只是一介武夫。"

少将欣慰地说完之后，又把视线转向了壁炉上的伦勃朗肖像。

"他也是一个人格高尚的人吗？"

"是的，是一个伟大的画家。"

"和 N 阁下相比，又如何呢？"

青年的脸上不禁浮现出了困惑的神色。

"这就很难说了。不过，就内心的感觉而言，较之 N 将军，我们倒是对他更加亲近一些。"

"你说阁下与你们有距离，这是指……"

"该怎么说才好呢。唉，姑且就归结为这么一点吧：比如说，我们今天为河合举行了追悼会。河合他也是自杀的，可在自杀之前——"青年一本正经地看着父亲的脸，说道，"却好像没有那种闲情逸致去拍什么照呢[1]。"

这一次轮到心情正好的少将眼里浮现出困惑的神色了。

"拍照有什么不好的呢？其中也包含着留作最后纪念的意思……"

"为谁呢？"

"也说不上是为谁。首先，我们不都渴望看到 N 阁下最后的英容吗？"

"可我认为，那至少不是应该由 N 将军来考虑的问题吧。对将军那种想自杀的心情，我倒是

1　指乃木夫妇在自杀之前，曾将摄影师请到家里拍照留影一事。

多少可以理解一些，但对他为什么会拍照，却觉得很难理解。不至于是想到死后会在每家店铺的门口都展出这张遗照吧……"

少将几乎是义愤填膺地打断了青年的话语：

"这么说未免太残酷了。阁下绝不是那样的世俗之人，而是一个彻彻底底的至诚之士。"

但青年的神情和语气都依然非常镇静：

"当然不是什么世俗之人吧。关于他是至诚之士这一点，确实也不难想象，只是他的那种至诚让我们感到颇为费解。可以设想，我们的后辈会感到更加费解吧……"

有好一阵子，父子之间一直保持着令人尴尬的沉默。

"这就是时代的差异吧。"少将终于补充了一句。

"是啊，说来就是这样吧……"说到这儿，从青年的眼神中可以看出，他在倾听窗外的动静，"下雨了，父亲。"

　　"下雨？"少将伸着两只脚，像是有些喜不自禁似的赶快转换了一个话题，"但愿榅桲果不要再掉才好……"

大正十年（1921）十二月

（杨伟　译）

诸神的微笑

　　一个春天的傍晚，沃尔甘迪诺神父 [1] 曳着袈裟长长的下摆，独自在南蛮寺 [2] 的庭院里款款而行。

　　庭院里到处是松树和扁柏，中间还栽种着蔷薇、橄榄、月桂等西洋植物。特别是刚刚绽放的蔷薇花，更是在黄昏那黯淡了树木的光线中散发出甘美的幽香，给这庭院的静寂平添了某种有别于日本的神秘魅力。

　　沃尔甘迪诺一边落寞地在铺满红沙的小径上信步溜达，一边沉浸在朦胧的追忆之中。罗马的

1　沃尔甘迪诺神父（Padre Organtino，1530—1609），意大利人，葡萄牙耶稣会传教士。1570年到日本京都传教，并于1581年在安土建立日本最早的神学校，后移居长崎。

2　1568年（一说为1575年）在京都和安土修建的教堂。因丰臣秀吉禁教，于1585年被毁。

San Pietro（圣彼得大教堂）、里斯本的港口、罗面
琴[1] 的乐音、巴旦杏的味道，还有那"主啊，我灵
魂的镜子"的歌声……不知不觉间，所有这些回
忆在这个红发沙门的心里悄悄抹上了乡愁的悲戚。
为了拂去那一层悲戚，他默默地念诵着天主的名
字。可是，悲戚非但没有就此消失，反而在他的
胸口蔓延出比刚才更加沉闷的空气。

"这个国度的风景是那么美丽……"沃尔甘迪
诺反省道，"是啊，这个国度的风景是那么美丽，
气候也温和宜人。只是这儿的土著人——与他们
这些黄面侏儒相比，或许倒是那些黑人还好对付
一些吧。不过从性情上看，他们还是容易亲近的。
近来信徒也已达数万人之众。瞧，在这京城的中
央地带不是也建起了这样的寺院吗？由此看来，
居住在这里，即便算不上特别快活，但也不能说
不快活吧。但不知为什么，自己动辄就陷入忧郁
的泥沼，还常常盼望能够离开这个国度，回到里

1　日本室町时代，从葡萄牙传来的弦乐器（rabeca）。

斯本。难道这仅仅是乡愁所致？不，自己不是甚至还想过，即便不回里斯本，只要能够离开这个国家，那么，去任何地方都无所谓吗？无论是中国、暹罗，还是印度，都不在话下——总之，乡愁并没有涵盖自己的全部忧郁，自己只是想早日逃离这个国家罢了。但是——但是，这个国度的风景是那么美丽，气候又是那么温和宜人……"

沃尔甘迪诺发出了一声长长的叹息。这时，他的视线无意中落在那些灰白色的樱花上，对，就是那些凋零在树荫下青苔上的樱花。啊，樱花！沃尔甘迪诺不胜惊讶地注视着幽暗的树丛。只见在四五株棕榈树中间，有一棵枝头低垂的樱花树挂满了花朵，迷离扑朔得恍若梦境一般。

"主啊，求您保佑我！"

蓦地，沃尔甘迪诺甚至想靠画十字来降服恶魔。事实上，有那么一刹那，暮色中盛开的垂樱在他眼里，竟化作了令人毛骨悚然的存在。不，与其说是令人毛骨悚然，不如说这棵垂樱本身变成了使他莫名不安的日本国的象征。但很快他就发现它没什么神奇的，不过是一株普通的樱花树。于是，他一边害臊地苦笑着，一边迈着乏力的脚步，静静地沿着来路折了回去。

三十分钟以后，他来到南蛮寺的正殿向天主祈祷。在那儿，唯有从穿顶上垂吊而下的灯盏。在灯光的照耀下，正殿四周的湿绘壁画上，圣米格尔[1]正在和地狱的恶魔争夺着摩西的尸骸。不过，或许是因为今夜朦胧的月光吧，威武的大天使自不用说，就连咆哮着的恶魔也比往日增添了几分优美。当然，也可能是得益于那些娇嫩欲滴的蔷薇花和金雀花吧。它们供奉在祭坛前面，散发出一阵阵的幽香。他伫立在祭坛后面，屏息静气地低垂着头颅，全神贯注地开始了祈祷：

"南无大慈大悲的天主如来！自乘船离开里斯本，我就把自己的性命托付给了您。为了弘扬十字架的光辉，无论遭遇何等险阻，我都毫不胆

1　圣米格尔（San Miguel），大天使。

怯地走了过来。当然，这绝非鄙人力所能及之事，而全都是天地之主——您的恩宠所致。然而，居住在日本，使我渐渐明白了自己的使命何等艰难。无论是这个国家的山峦和森林，抑或是人烟稠密的城镇，无不潜藏着某种神秘的力量。它们总是在冥冥之中阻挠着我的使命，否则，我就不可能像近来这样毫无理由地陷落于忧郁的深潭了。可那种力量又是什么呢？我却懵然不知。总之，那种力量恰如地下的泉水一般，渗透到了这个国家的每一处细枝末节。啊，南无大慈大悲的天主如来！倘若不打破那种力量，那么，沉溺于邪门歪教的日本人或许永远也不会降服于天界的庄严吧。这几天来，我为此倍感烦闷。求天主赐予您的仆人——沃尔甘迪诺以勇气和耐心！"

这时，沃尔甘迪诺觉得耳旁仿佛传来了一阵雄鸡的啼鸣。但他毫不在意，只是兀自继续祈祷：

"为了履行自己的使命，我不得不和潜藏在这个国家山水中的魔力——很可能是人所看不见的幽灵——进行战斗。过去，我主曾将埃及的军队

淹没在红海之底 [1]。而这个国家的幽灵之强大，绝不亚于埃及的军队。求主保佑，也让我像古代的预言家那样，在与幽灵的搏斗中……"

不知何时，祈祷的话语从他的唇边消失了，祭坛的周围却蓦地传来了喧闹的鸡鸣。沃尔甘迪诺有些迷惑不解地环顾着四周。只见在他身后，一只奄拉着白色尾巴的雄鸡正挺着胸脯站在祭坛上，俨然迎来黎明一般，高声地打鸣。

沃尔甘迪诺一下子飞身跳将起来，张开袈裟的双臂，于惊慌中试图赶走这只雄鸡。但他刚跨出两三步，声嘶力竭地叫了声"我的主"，就愣在原地一动也不动了。原来，在这昏暗的正殿里，不知不觉之间飞来了无数的雄鸡。——它们要么在空中飞来飞去，要么在地上东奔西跑，以至于沃尔甘迪诺的视线此刻早已被淹没在了鸡冠的海洋里。

"主啊，请您保佑我！"

---

1 典故出自《圣经·旧约·出埃及记》，指摩西带领犹太人逃出埃及的传说。

他又想在胸前画十字了。但奇怪的是，他的手竟像是被老虎钳死死夹住了一样，根本无法自由动弹。不久，在正殿里，不知从什么地方流泻出恍若炭火一般的红色光芒。与此同时，沃尔甘迪诺一边喘息着，一边看到无数幢幢的人影在朦胧中浮游过来。

转眼之间，那些人影变得清晰了起来，原来是一群从未见过的朴素男女。他们的脖子上全都悬挂着用丝线穿缀起来的玉佩，煞是兴奋地闹腾着。等他们的身影现出清晰的轮廓，聚集在正殿里的无数雄鸡更是提高了嗓门，开始齐声打鸣。与此同时，正殿的墙壁——就是那描绘着圣米格尔战斗场面的墙壁——便蓦然间如同烟雾一般，被黑夜吞噬殆尽了。而此刻在同一个地方，是日本的 Bacchanalia[1] 恍若海市蜃楼一般飘浮在瞠目结舌的沃尔甘迪诺眼前。他看见，在红色的篝火映照下，那些身着古代服装的日本人正围坐在一起，

1　拉丁文，即酒神狂欢节。但下文描述显然参照了日本神话中"天之岩户"的传说。

相互举杯豪饮。中央的一个女人 —— 属于那种在日本尚未见过、体格健硕的女人 —— 正匍匐在巨大木桶上疯狂起舞。木桶的后面，是一个壮实得如同小山丘一般的男人，他正把玉佩和镜子之类的东西悠然地放到连根拔起的杨桐树枝上。在他们的周围，数百只雄鸡相互磨蹭着尾巴和鸡冠，不断地发出兴奋的鸣叫。更让沃尔甘迪诺难以置信的是，对面有一块巨大的磐石巍然矗立在夜雾之中，俨然就像是这石窟之屋的大门。

木桶上的女人一直不停地跳着。她的头发在空中飘舞着，挂在脖子上的玉佩相互摩擦着，发出冰雹般的碰撞声。她手握竹枝，纵横挥动着，生出一股股冷风。对了，还有她那裸露的胸脯！被篝火的红光一照，两个光艳动人的乳房在沃尔甘迪诺的眼里，简直就化作了情欲本身的代名词。他一边默念着天主的名字，一边试图把头扭向别的地方，但不知是受到什么神秘力量的作用，他竟无法挪动自己的身体。

不一会儿，沉默陡然降临在那群梦幻般的男

女身上。就连那个在木桶上的女人，也仿佛如梦初醒似的停止了疯狂的舞蹈。不，甚至那些竞相啼鸣的雄鸡，也都只是伸长着脖子，一齐变得鸦雀无声了。就在这片沉默之中，不知从什么地方传来了一个女人庄严的声音——那种永远也不会失却美丽的声音。

"只要我一藏匿到这儿，世界不就变得一片漆黑了吗？瞧，诸神正幸灾乐祸地闹腾着呢。"

就在这声音消失于夜空中的同时，在木桶上的女人环视了大伙儿一眼，沉静得出乎人意料地回答道：

"那是因为新来了能够打败你的神明，大伙儿正兴高采烈地庆祝呢。"

所谓新来的神明，或许就是指的天主吧——正是被这念头驱使着，沃尔甘迪诺才略有兴致地关注着眼前这奇特梦境所发生的变化。

好一阵子，那种沉默都没有被打破。但忽然之间，就在那群雄鸡开始齐声打鸣的同时，对面那块阻挡住夜雾的、恍若岩屋大门似的磐石，竟

然朝左右两边徐徐打开了。正是从那磐石打开的
罅隙中，成千上万道美妙的霞光如同决堤洪水一
般倾泻而入。

沃尔甘迪诺差一点儿就要惊叫起来，但舌头
却怎么也动弹不了。他试图抽身逃遁，可腿脚却
被钉在了原地。在眼前那些强光的刺激下，他感
到自己的大脑开始晕眩得厉害。他听见在那片霞
光中，众多男女的欢笑声正气势磅礴地升向天空：

"大日霎贵[1]！大日霎贵！大日霎贵！"

"根本就没有什么新来的神明！根本就没有
什么新来的神明！"

"所有逆你者必亡！"

"瞧，黑暗正在消失。"

"放眼望去，到处都是您的山峰、您的河流、
您的城镇、您的海洋。"

"根本就没有什么新来的神明！他们无一不
是您的仆人。"

1　日本的太阳之神，即天照大神。

"大日霎贵！大日霎贵！大日霎贵！"

在此起彼伏的欢呼声中，沃尔甘迪诺出了一身冷汗。他刚一发出某种痛苦的叫喊，就猝然昏倒在地上……

那天夜里，接近三更时，沃尔甘迪诺才终于从昏迷的深渊中恢复神志。诸神的叫喊似乎还回荡在他的耳畔。但环视周遭，只见在万籁俱寂的正殿，唯有穹顶上的吊灯还像方才一样朦胧地照射在壁画上。沃尔甘迪诺一边呻吟着，一边缓缓地离开了祭坛后面。那种梦境究竟意味着什么，他无从知道，但唯有一点是确切无疑的：那梦境的制造者，绝不会是天主。

"和这个国家的幽灵战斗……"沃尔甘迪诺一边走着，一边情不自禁地自言自语道，"和这个国家的幽灵战斗，远比想象的还要艰难呢。到底是会赢，还是会输呢？……"

就在这时，一句轻轻的嗫嚅声传到了他的耳边：

"会输的！"

沃尔甘迪诺有些惊惧地循着声音望了过去，但和先前一样，那儿除了幽暗的蔷薇和金雀花以外，不见一丝人影。

第二天傍晚，沃尔甘迪诺也同样在南蛮寺的庭院里悠然漫步。但他的蓝眼睛里，却流露出某种快活的神色。因为在今天一天里，就有三四个日本武士加入了信徒的行列。

庭院里的橄榄树和月桂树悄然无声地耸立在黄昏的幽暗中。搅扰这片沉默的，就只有寺院的鸽子返回屋檐上的巢穴时，在空中振动翅膀的声音了。蔷薇的芳香、沙粒的潮润——一切都是那么祥和，就仿佛回到了古代的某个傍晚，有翅膀的天使嚷嚷着"瞧那女孩多美啊"，从而降临人间，逐爱求婚。

"看来，在十字架威严的光辉面前，污秽的日本幽灵也难有胜算。但是，昨天夜里的幻觉呢？——对了，那不过是幻觉罢了。恶魔不是也

曾经在圣安东尼奥[1]面前制造过那样的幻觉吗？其
证据就是，今天一天之间就又增加了好几名信徒。
不久，在这个国家的每个地方，都将建起天主的
教堂吧。"

沃尔甘迪诺就这样一边思忖着，一边沿着铺
满红沙的小径信步溜达着。突然，有人从背后悄
悄拍打着他的肩膀。于是，他回过头往身后看去，
唯见夕阳的余晖淡淡地飘漾在小径两旁那些梧桐
树的嫩叶上。

"主啊，请你保佑我！"

他就这样喏嚅着，把头徐徐转了回来。不料，
不知何时身旁出现了一个老人。就像在昨夜的梦
境里看见的那样，老人的脖子上挂着一串玉佩，
身影有些模糊，正在他身边缓缓移动着步履。

"你是谁？"

沃尔甘迪诺吃了一惊，不由得停住了脚步。

"我——是谁都无所谓吧。我只不过是这个国

1　圣安东尼奥（St. Anthony the Great，约 251—356），修道院制度
的创始人。

家无数幽灵中的一个，"老人面带微笑，和蔼可亲地回答道，"喂，我们一起散散步吧，我来只是想和你聊聊罢了。"

沃尔甘迪诺在胸前画了个十字，但老人对他的这个动作没有表现出丝毫的恐惧。

"我并不是什么恶魔。请看看这玉佩，还有这柄剑。倘若它们会受到地狱之火的焚烧，就不可能如此洁净。你还是停止念诵什么咒文吧。"

沃尔甘迪诺面带难色，不情愿地叉起双手，和老人一起向前走去。

"你是来传播天主教的，"老人静静地开口说道，"或许这也不是什么坏事吧。但即便天主来到这个国家，最终也是必输无疑的。"

"天主是万能的主，所以……"沃尔甘迪诺开口回应道，像是突然恢复了神志一样，他换成了平常在这个国家的信徒面前说话时的郑重口吻，"理应没有任何东西能够战胜他。"

"可事实上，就是存在着那样的东西。且听我细细道来：不远千里跨洋而来的，并不只是天主。

孔子、孟子、庄子，除此之外，从中国还来了无数的哲人。当时这个国家才刚刚诞生。中国的哲人们除了道以外，还带来了吴国的绢丝、秦国的玉石等种种东西。不，甚至带来了比上述珍宝更加贵重的灵妙之物——文字。但中国是否因此征服了我们呢？比如，就看看文字吧！文字不仅没有征服我们，反而被我们征服了。在我过去认识的土著人中，有一个名叫柿本人麻吕[1]的诗人，他创作的七夕和歌至今还在这个国家代代流传，你不妨读一读吧。其中歌咏的不是牛郎织女的故事，而是彦星和棚机津女的爱情。响彻在他们枕畔的，恰如这个国家的河流一样，是那种清澈的银河所发出的潺潺水声，而不是像中国的黄河和长江那样的滚滚涛声。但比起和歌，更值得讨论的应该是文字吧。人麻吕为了记录下那些和歌，使用了中国的文字。但与其说是利用了文字的意义，不如说只是利用了文字的发音。即便在'舟'这个

1　日本七世纪末到八世纪初的歌人，《万叶集》中收有他大量的和歌。

文字传入之后，'ふね'还是一直读作'fune'，否则，我们的语言也就变成了中国话吧。这便是保佑了人麻吕，不，应该说是保佑了人麻吕之心灵的吾国神明的力量。不仅如此，中国的哲人们还把书法传到了这个国家。空海、道风、佐理、行成 [1]，我常常悄悄走近他们身边，看见他们手里的字帖无一不是中国人的墨迹，但从他们的笔下却渐渐诞生了一种崭新的美。他们的文字不知不觉地演变成了既非王羲之，亦非褚遂良的日本人自己的文字。然而，我们取胜的并不仅限于文字，我们的呼吸甚至就像海风一样调和了儒老之道。请看看这个国家的土著人。他们相信，因为孟子的著作容易触犯我们，所以一旦船只装载了孟子的著作，那它肯定会覆没在大海里。尽管科户之神 [2] 还不曾干过这样的恶作剧，但从这样的信仰中，也可以朦胧地感受到这个国家的神明所拥有的吧。

1　四人皆为平安时期著名书法家，空海与嵯峨天皇、橘逸势合称"三笔"。小野道风、藤原佐理与藤原行成合称"三迹"。

2　即风神的异称。

你不这样认为吗？"

沃尔甘迪诺茫然地回过头，凝望着老人的脸。他原本就疏于了解这个国家的历史，此刻对老人的一番雄辩更是一知半解。

"在中国哲人们之后，接踵而至的是印度王子悉达多……"

老人一边继续说着，一边用手摘下路边的蔷薇花，愉快地凑近鼻子，闻着花儿的芳香。不过，在蔷薇花被摘掉后的枝头上，依旧残留着其他的花朵。老人手里的花儿虽然颜色和形状都与树上的花儿看似一样，但不知为什么，却让人总觉得像雾霭一般扑朔迷离。

"结果，佛陀的命运也如出一辙。不过，一一讲述这种事情，或许只会徒增您的无聊罢了。只有一点想请您注意，那就是有关本地垂迹[1]的教诲。这一教诲使本地的土著人把大日霉贵和大日如来看作同一个神明。那么这算是大日霉贵的胜利呢，

1　本地即佛、菩萨的本体，而垂迹则是指佛、菩萨为教化众生而临时现身。

还是大日如来的胜利呢？就让我们做这样的假设吧——就算现在这个国家的土著人不知道大日霎贵，却有不少人知道大日如来，可是，他们在梦中所看到的大日如来，与其说长着印度佛像的面容，不如说带着更多大日霎贵的影子吧。我也曾和亲鸾、日莲一道，去菩提双树[1]的花丛后面散步。他们所仰慕的，并不是被圆光笼罩着的黑人，而是温柔威严的上宫太子[2]的兄弟——还是履行我的诺言，停止唠叨这种话题吧。总之，我想说的就是，即便天主来到这个国家，也是不可能获胜的。"

"请等等。尽管您那么说，"沃尔甘迪诺不由得插嘴道，"可今天还有三个武士皈依了天主教呢。"

"还会有很多人皈依的吧。如果仅仅是指皈依的话，那么，这个国家的大部分人不是都皈依了悉达多的宗教吗？但所谓我们的力量，并不是指

1　释迦牟尼升天时，在他卧床的四周，据说各有两棵彼此相生的菩提树。此处即源于这一传说。

2　即圣德太子（574—621），用明天皇的皇子。

那种破坏的力量，而是指改造的力量。"

老人一下子扔掉了手中的蔷薇花。花儿刚一离开他的手掌，就倏然消失在了黄昏的夜色中。

"您是说改造的力量吗？可那并非你们特有的力量啊。无论哪个国家——比如被称之为希腊诸神的那些恶魔，不是也……"

"伟大的潘神已经死了。不，或许什么时候，潘神也会重新复活的吧。但是，我们却还一直这样好端端地活着呢。"

沃尔甘迪诺有些好奇地仄斜着老人的面孔。

"你居然知道潘神？"

"你说什么呀？在西国大名[1]之子从西洋带回来的洋文书里，不是就有他吗？——还是再回到刚才的话题吧。即便那种改造力不是我们独有的力量，但也千万不能小看哟。不，毋宁说正因为如此，你们才更应该引起注意吧。要知道，我们毕竟是古老的神明啊，是像希腊诸神一样，亲睹

1　指大友宗麟、大村纯忠、有马晴信三位信奉天主教的大名。1582年曾派遣遣东佑益等少年使节团前往罗马，1590年回国。

了世界黎明的神呢。"

"但不管怎么说，天主都会取胜的。"

沃尔甘迪诺再一次倔强地重复着同样的话语。但老人就像是充耳不闻似的，继续慢慢说道：

"四五天之前，我无意中碰到了一位在西国海滨上岸的希腊船夫。那个船夫并不是神，不过是一个普通人罢了。我和他坐在月光下的岩石上，听他讲述各种各样的故事。比如被独眼神抓住的故事，女神将人变成野猪的故事，还有音色甜美的美人鱼的故事，等等——你知道那个船夫叫什么名字吗？告诉你吧，从遇见我的时候起，他就变成了这个国家的土著人。据说他如今取名叫百合若[1]。所以，你也要当心哟，千万别说天主就一定能够取胜。无论天主教如何弘扬光大，都不能断言它一定能够取胜。"

老人的声音渐渐小了起来。

"没准天主本人也会变成这个国家的土著吧。

---

1 引用自百合若的传说故事。据说是源于荷马史诗《奥德赛》，百合若则是仿效其主人公尤利西斯而创作出来的人物。

中国和印度不是也都变了吗？西洋也不能不变。我们在树林里，在浅浅的水流里，在掠过蔷薇花的微风里，在残留于寺院墙壁上的夕照里。总之，我们无时不在，无处不在。你得当心哟，你得当心哟……"

这声音刚一结束，老人就像影子一般蓦地消失了。与此同时，从教堂的塔楼上传来了"万福玛利亚"的钟声。这钟声也飘落在了紧蹙着眉头的沃尔甘迪诺身上。

南蛮寺的沃尔甘迪诺神父——不，并不只限于沃尔甘迪诺，一个高鼻子的红头发洋人正悠然地曳着袈裟的下摆，从飘漾着黄昏余晖的、悬空的月桂树和蔷薇花中间，回头走向陈列着一对屏风的地方。那是一对三个世纪以前的屏风，上面描绘着南蛮船只驶入港口的情景。

再见了，沃尔甘迪诺！此刻你正和你的伙伴们一起，一边徜徉在日本的海滨，一边眺望着那在泥金的彩霞中高扬着旗帜的南蛮巨船。到底是天主取胜呢，还是大日霎贵取胜呢？——即便是现在，也还无法定夺，但这是一个不久将由我们的事业来作出决断的问题。你就在那往昔的海岸静静地看着我们吧。即使你和那幅屏风中牵着狗的南蛮船长，还有撑着阳伞的黑人小孩一起沉入了忘却的睡眠中，但那重新出现在水平线上的黑船[1]所发出的炮击声，也总有一天会打破你们的睡梦。而在此之前——就再见了吧，神父沃尔甘迪诺！南蛮寺的沃尔甘神父！

大正十年（1921）十二月

（杨伟　译）

1　江户时代，从欧美各国来的船只都被统称为黑船。

报恩记

阿妈港¹甚内的话

　　我叫甚内。姓么……嗯，很久以来，大家都叫我阿妈港甚内。阿妈港甚内这名字——您也听说过吧？别这样，用不着惊慌，我就是您知道的那个有名的大盗。不过，今天晚上登门，不是来行窃的，请尽管放心。

　　听说，在日本的神父中，您是位德高望重的人。跟一个强盗待在一起，哪怕就一会儿，想来也是不情愿的。但是，您一定料不到，我也并非只干打家劫舍的营生。想当年，吕宋助左卫门应

---

1 澳门的古称。

召到聚乐殿，他手下有名当差，确实名叫甚内。还有，利休居士有只珍爱的水壶，名红头，是位连歌师送的，听说本名也叫什么甚内。对了，两三年前，大村那儿有名翻译，写了本《阿妈港日记》，不是也叫甚内么？另外，在三条河边斗殴，救了麦克唐纳船长的那个和尚，在堺市妙国寺门前卖南蛮药的商人……那些人，要提名道姓的话，全都叫什么甚内的。对了，比这更要紧的是，去年有个教徒，把装着圣母玛利亚指甲的黄金舍利塔献给了圣·弗朗西斯科教堂，他也叫甚内。

至于这些经历，很抱歉，今晚没工夫一一细说。只是请您相信，我阿妈港甚内，跟世上普通人没有两样。是吗？那我就把来意简短说一下吧。我来是求您给一个人的灵魂做弥撒的。不，他不是我的亲人，也不是我的刀下之鬼。名字吗？名字——唉，说出来好不好，我也没谱儿。我想为一个人的灵魂——要不，就算为一个叫保罗的日本人，祈求冥福吧。不行吗？——也难怪，阿妈港甚内托您办这种事，哪会一口就答应下来呢？

那好吧，我就把事情的来龙去脉说一说吧。不过，您得答应我，不论对死人活人，决不走漏半点口风。凭您胸前挂的十字架，您能保证吗？哎呀——太失礼了，请原谅。（微笑）我一个强盗，竟怀疑起您这位堂堂神父，真是不自量力呀。可是，要是不能信守这一条，（突然严肃）即便不受地狱的火刑，也要遭现世的报应。

那是两年多以前的事了。在一个寒风呼啸的半夜里，我化装成一个行脚僧，在京城里转悠。我这么转悠，并非打那夜开始。总共五夜，一过初更，我就神不知鬼不觉，偷偷去窥探人家的门户。至于所为何事，当然就不必说了。尤其那时，我正想出洋去马六甲，额外需要一笔钱。

当然，街上早已没有行人，天上只有星星闪闪发亮，寒风呼呼狂啸，片刻不停。我沿着黑魆魆的屋檐底下走，顺着小川通下来，在十字路口拐角，忽然看见有座大宅子。那是京城有名的北条屋弥三右卫门的府邸。虽说都是做的海上生意，北条屋到底比不上角仓家。不过，好歹也有一两条船，走暹罗，走吕宋，算得上是家富商。我不是冲着这家来的。但既然撞上了，便有意做回买卖。方才我说过，夜已经很深，又刮着风——这对于我们这种营生的，真是天假其便。我把竹笠和禅杖藏在路边消防桶后面，一下子就翻过墙头。

您不妨听听，世人是怎么传的。阿妈港甚内会隐身术——谁都这么说。您当然不会像世人一样，把这当真。我既不会隐身术，也没有魔鬼附体。只不过在阿妈港时，跟个葡萄牙的船医学过一些究理之学。要是实地去用，像扭断大铁锁、撬开重门闩之类，不费吹灰之力。（微笑）从前行窃没这种办法——在日本这个没开化的国家里，这跟十字架、洋枪洋炮一样，都是舶来品。

不大会儿工夫，我就进了北条屋家里。在黑乎乎的廊子上走到头，想不到半夜三更，有间屋子不仅透出灯光，还有说话声。看周围情形，像一间茶室。难道是"寒夜风吹且饮茶"么？——我不由得苦笑，蹑手蹑脚走了过去。倒不是怕说话声碍我的事，其实这间精致的茶室里，宾主的风雅情趣、赏心乐事，更引起我的兴趣。

一挨近隔扇，果然听见茶釜里水声沸腾。可是出乎我意料的，是听见有人在边说边哭。谁在哭——用不着再听，我登时就明白，哭的是个女人。在这样一个富商家的茶室里，深更半夜里有女人哭，这事可不寻常。幸好隔扇开了一道缝，我便屏息静气，朝茶室里张望。

灯光下，只见壁龛里，挂着一幅古色古香的色纸[1]，花瓶里插着秋菊——这茶室，果然有种枯淡闲寂的雅趣。壁龛前——正对着我，坐着一位老人，大概就是主人弥三右卫门吧。他穿了一件细藤蔓花纹的外褂，胳膊抱在胸前，一动不动，从旁看过去，像是在听茶釜的开水声。坐在下手的是位端庄的老太太，发髻上插着簪子，只见一个侧脸，不时地抹眼泪。

"生活虽说富裕，看来也有本难念的经

---

1 日本特有的一种用来书写和歌、俳句和书画的方形纸板，纸面多饰以金银箔与各种彩色花纹图案。

哩。" —— 我这样一想，不禁露出了微笑。微笑 —— 我这么说，倒并非对北条屋夫妇有什么恶意。像我这种背了四十年恶名的人，对别人家 —— 尤其是富贵人家的不幸，自然要幸灾乐祸了。（表情残酷）当时，看这对老夫妇相对悲叹，就像看歌舞伎一样开心。（讽刺地笑）不过要说看小说，不单是我，谁都爱看故事悲惨的，准没错。

过了一会儿，弥三右卫门像叹息一般地说道：

"遇上这种倒霉事儿，再哭再喊也挽回不来。我主意已定，明天就把伙计全辞掉。"

这时，一阵狂风刮得茶室直响，盖过了说话声。老夫人说的什么，没听清楚。主人点了点头，手叉着放在腿上，抬眼望着竹编的顶棚。粗黑的眉毛，高耸的颧骨，尤其那长长的眼梢 —— 这张脸，我越看越觉得面熟，好像以前见过。

"主啊，耶稣基督！请赐勇气于我们夫妇吧……"

弥三右卫门闭着眼睛，喃喃地祷告。老太太

也同丈夫一样，在祈求上帝的保佑。这工夫，我
一直不眨眼地盯着弥三右卫门的脸。又是一阵狂
风吹过，心中忽然一闪，想起二十年前的旧事。
凭这段记忆，我清清楚楚认出了弥三右卫门的
面容。

　　提起二十年前的旧事——算了，不去提了，
只简单说说事由吧。我到阿妈港的时候，有个日
本船长救了我一命。当时彼此也没通姓名，就那
么分手了。眼前看到的这个弥三右卫门，准是当
年的那位船长。我很惊讶，竟有这种巧遇。我不
眨眼地看着这老人的面孔。不错，那宽阔厚实的
肩膀，骨节粗大的手指，似乎还透着股珊瑚礁的
潮水气和檀香山的香味儿。

　　弥三右卫门做完长长的祷告，沉静地对老太
太说道：

　　"往后一切照上帝的意旨办吧——正好，茶釜
里水也开了，给我倒杯茶吧？"

　　老太太忍住刚冒出来的眼泪，有气无力地
答道：

"好吧——可我不甘心的是……"

"算了，你说的都是傻话。北条丸沉了也罢，贷出的款子全泡汤也罢……"

"不，我说的不是这个。我是想，哪怕儿子弥三郎能留下来也好，可……"

听了两人的话，我又微微一笑。这回可不是因为他北条屋倒霉我觉得高兴。我高兴的是，报恩的机会来了。我这个逃犯阿妈港甚内，终于也能堂堂正正报答恩人了。那种高兴劲儿除了我自己，没人能够体会。（讥讽）这世上，行善的人都很可怜。坏事没干过一件，善事也行了不少，却不觉得开心。此中况味，他们哪儿懂得。

"什么？都是那败家子，没他反倒好了呢……"

弥三右卫门把目光移向纸灯，言下颇不痛快：

"如果手里有他败光的那些钱，没准儿就能渡过这次难关。这么一想，把他赶走……"

弥三右卫门刚说到这里，便吃惊地望着我。

不怪他要吃惊，因为这一刻，我一声不响拉开了隔扇。——何况我一身行脚僧打扮，竹笠方才摘掉了，头上包着南蛮巾。

"你是谁？"

弥三右卫门虽然上了年纪，却一下子就跳了起来。

"别慌，我是阿妈港甚内。哎哟，请别出声。我阿妈港是个强盗，不过今晚突然登门，另有原因……"

我摘掉头巾，坐到弥三卫右门跟前。

后来的事不说您也猜得到。为了报恩、解救北条屋的急难，我答应他三天之内筹齐六千贯钱，一天也不耽误。——哎呀，门外好像有人，这不是脚步声么？在下今儿晚上就先告辞，等明后天，再偷偷来一趟吧。那闪闪发亮的大十字星，在阿妈港的上空能看到，在日本的天空里却看不到。我要不像大十字星那样，在日本销声匿迹的话，只怕对保罗来说——就是今晚来求您给他做弥撒的那位——就太对不起他的灵魂了。

316

什么？问我怎么逃走么？这您不用担心。这高高的天窗，那大大的壁炉，我都能够自由出入。为了恩人保罗的灵魂，这事您千万不能走漏半点口风。

北条屋弥三右卫门的话

神父，请听我忏悔。您兴许也知道，近来有个叫阿妈港甚内的大盗，市面上传得沸沸扬扬。听说他栖身在根来寺的塔上，偷过杀生关白[1]的大刀，还远在海外，劫掠过吕宋的太守，这些全是他的作为。最近终于将他缉拿归案，在一条的回头桥边枭首示众。这事想必神父也听说了。我受过阿妈港甚内天大的恩情，正因为受了他的大恩，我现在才有说不出的心痛。请神父听我细说缘由，然后为我祈求上帝，垂怜我这罪人吧。

1　日文"摄政关白"的谐音词，有暴戾凶残之意。此处指安土桃山时代的武将丰臣秀次（1568—1595）。

那是两年多前冬天的事了。我的船"北条丸"接连遇到暴风雨，沉到海里，本钱赔个精光——真是祸不单行，一家走投无路的情况下，只好骨肉分离，各奔一方。神父想必也知道，生意人之间，虽有主顾，却没朋友。这一来，我的全部家业就同大船沉到海里一样，一头栽进了无底的深渊。于是有天夜里——我至今都忘不了那天晚上的事。那是个刮大风的夜晚，我同拙荆待在茶室里——那茶室您去过，不知不觉说话说到深夜。这时，忽然进来一个头包南蛮巾的行脚僧，就是那个阿妈港甚内。不用说，我又惊又怒。听他说，他溜进我家，原为打劫来的。因为看见灯光，还听见说话声，就从隔扇缝里偷瞧，认出我是北条屋弥三右卫门，二十年前救过他的命，是他的恩人。

不错，听他一说，我记得有过这回事。二十多年前，我在一条商船上当船长，专跑阿妈港。当时船停靠在码头上，我救了一个还没长胡子的日本人。据说是喝醉了酒，同人打架，杀了一个中国人，正被人追杀。这样看来，他就是阿妈港甚内，如今成了有名的强盗。我知道，他没有说谎。好在家里人都睡了，我便问他的来意。

甚内说，只要能办到，他一定要救我北条屋的急难，好报答二十年前的救命之恩。他问我，眼下需要多少钱。我不由得苦笑，让一个强盗筹款——那可不是闹着玩儿的。就算他是大盗阿妈港甚内，要真有那么多钱，又何苦上我家来偷。我说了个数目，他歪着脑袋想了想，说今天晚上不行，三天之内，准把钱凑齐，一口应承下来。当时要偌大一笔钱，六千贯，能不能凑齐，我并不指望他。而且我知道，求人不牢靠，全当没影的事。

那天夜里，甚内悠然自得地让拙荆给他点茶，之后在大风里回去了。第二天，答应好的钱，没送来；又过一天，还是没消息；第三天——那天下雪，直到夜里，仍没一点消息。我方才说了，对甚内的许诺，本来就没存指望。可是，我也没把伙计打发走，而是听天由命。看起来，我心里还存有几分侥幸，一直在盼着。就在第三天的夜里，我在茶室里向灯而坐，雪花每每压断枯枝，我都侧耳凝听。

然而，三更过后，突然听见茶室外面，好像有人在院里打架。我心中一动，当然想到甚内，难道给捕快盯住了？——想到这里，一把拉开朝院子的纸门，举起灯看过去。茶室前，积雪很深，倒伏的大明竹旁边，有两个人扭打在一起——其中一个正要扑上去，另一个猛地将他推开，一头钻进树荫里，翻过墙头逃走了。只听见积雪落地和爬墙的声音——过后便没动静了，必是安全地落在墙外什么地方了。被推开的那个，也没去追他，一边掸身上的雪，一边一声不响走到我面前。

"是我，阿妈港甚内呀！"

我一下愣住了，呆呆地瞧着甚内。那晚他仍穿着僧衣，包着南蛮头巾。

"哎呀，没想到会出乱子。幸好没吵醒什么人。"

甚内进了茶室，露出点苦笑。

"哪里，我一溜进来，就看见有人往地板下

面钻 [1]。我想逮住他，看是什么人，结果给他跑掉了。"

　　我仍不放心，怕是来逮他的捕快，便问是差人不是？甚内说，哪里是什么差人，是个小偷。强盗捉小偷——真是新鲜事啦。这回倒是我苦笑了一下。这且不说，钱究竟凑没凑齐，没问清楚之前我心里终归不踏实。甚内虽没说话，大概也看出我的心思，慢条斯理地解开藏钱的腰带，掏出一包钱放在火盆前。

　　"放心吧，六千贯已筹到——其实昨天就凑得差不多了，只差两百贯，今儿晚上全齐了。这包钱，请收下吧。昨天凑到的大部分，趁两位没注意，已经藏在茶室的地板下面了。今晚那个贼，八成嗅到了银子味了。"

　　听了他的话，我像做梦一样。接受强盗的施舍——不用您说，我也知道不好。不过当时我半信半疑，不知他能不能筹到钱的时候，压根就没

1　日式房屋的地板，距地面约一两尺高，故而人可以钻进去。

去想好不好；而且事到这一步，也不好再说不要。何况不收下这笔钱，我一家老小就得流落街头了。请您垂怜我当时的心情吧。不知什么工夫，我两手恭谨地拜倒在甚内面前，没说上一句话就哭了起来……

那以后，两年里我没听到甚内的消息。我一家得以保全、安稳度日，多亏了甚内。背地里，我总是向圣母玛利亚祈祷，保佑他平安无事。不承想，最近在街上听人说，阿妈港甚内给逮住了，砍了头，悬在回头桥旁示众。我大吃一惊，私下里掉了泪。他是恶有恶报，让人无话可说。其实，多年来没受到上帝惩罚，算他运气。可是，受他大恩，总该报答才是，便想给他祈求冥福。——于是，我今儿个没带随从，一个人赶到一条的回头桥，去看示众的首级。

到了回头桥，那前面已经围满了人。告示牌上照例写着罪状，有差人看守，都与平时一样。然而，三根青竹支起的架子上，挂着人头——啊呀呀，血淋淋的，惨不忍睹，我简直不知说什么好。挤在吵吵嚷嚷的人群里，一眼看见那脸色发白的人头，我不由得愣住了。那不是他！不是阿妈港甚内！那双浓眉，轮廓鲜明的脸颊，以及眉心上的刀疤，一点都不像甚内。猛然间，我惊呆了，那明亮的阳光，周围的人群，和竹竿上的人头，仿佛一时都消失到遥远的世界里去了。这头，不是甚内的。那是我的，是二十年前的我——正是救甚内时的我。"弥三郎！"——要是我的舌头能动，没准就喊出来了。可我非但出不了声，浑身竟像得了疟疾，抖个不停。

弥三郎！我着魔似的望着儿子的头。那头微微仰起，半睁着眼睛，直瞪着我。这是怎么回事？是不是搞错了，把我儿子当成甚内了？可是过了堂，问过口供，是不会出这种错的。莫非阿妈港甚内就是我儿子？那晚到家里来的假和尚，是冒名顶替么？不，哪儿有这种事！三天为期，一天不差，能筹到六千贯钱的，偌大一个日本国，除了甚内，还能有谁办得到？这时，我心里忽然冒出一个人来：两年前的雪夜里，那个在院子里同甚内打架，谁都不认识的人。他是谁？难道是我儿子么？这么说，虽然只瞥了一眼，那身影果然像他。难道是我心不在焉的缘故？要真是我儿子——我如大梦初醒，不眨眼地看着那个头颅。只见半开着发紫的嘴上，隐约带着微笑。

示众的首级带着微笑——您听了，没准会嗤之以鼻。我当时也以为是看花眼了呢，便一再细看，干枯的嘴上，的确流露出明朗的微笑。这奇怪的微笑，我凝神注视了好久，不知不觉，我也笑了，同时眼里流下了热泪。

"爸爸，请原谅我……"

无言的微笑，似乎在对我说："爸爸，请原谅我这不孝之子。两年前的雪夜里，我偷偷回家，想向您赔罪。白天怕给伙计瞧见，太难为情，便特意等到夜里。正想去敲您卧室的门，恰巧茶室纸门上映着灯影，我怯生生地走过去，也不知什么人，一声不吭，冷不防从身后一把抱住我。

"爸爸，后来的事您都知道了。因为事情来得突然，我一见到爸爸，就想赶忙甩掉那个形迹可疑的人，跳墙逃走了。雪光中，看那人像一个行脚僧，有些奇怪。见没人追过来，我便又大着胆子，溜到茶室外面。隔着纸门，你们的话，我一股脑儿全听见了。

"爸爸，甚内救了北条屋，是咱们全家的恩人。我于是打定主意，万一甚内有什么急难，我一定豁出命来，报答他的大恩。只有我，给赶出家门的浪子，才能报他的恩。两年来，我一直在等这个机会。终于，机会来了。请您原谅我这不孝之子吧。我是个败家子，可我已为全家报了大恩，总算让我感到一些安慰……"

回家的路上，我又是哭又是笑，佩服儿子的勇气。您不知道，我儿子弥三郎和我一样，是入了教的，原先还起了个教名，叫保罗。不过——不过我儿子是个不走运的孩子。岂止是他呢，要是阿妈港甚内没有搭救我们全家，我也不会来这儿忏悔了。明知是自己舍不得儿子，可心里就是难过。一家人没有四分五散，能厮守在一起好呢，还是儿子不给杀掉，让他活着好呢？——（突然

痛苦）请救救我吧。我这样活着，没准要恨起大恩人甚内呢……（长时间地哭泣）

"保罗"弥三郎的话

啊，圣母玛利亚！等天一亮，我的头就要落地了。一旦落地，我的灵魂是不是就会像小鸟一样，飞到您身边呢？不，我活着尽干坏事，或许进不了庄严的天国，倒会掉进可怕的地狱之火中。不过，我已心满意足。二十年来，我心里从来没有这样欢乐过。

我是北条屋弥三郎，但我那示众的首级却叫阿妈港甚内。我就是那个阿妈港甚内——哪有这么快意的事！阿妈港甚内……怎么样，这名字不错吧？在暗无天日的牢房里，我嘴里只要念叨这名字，心里就好像有天上的蔷薇和百合花在怒放。

我忘不了两年前的那个冬天，一个大雪之

夜。因想弄点赌本，便溜进父亲家里。见茶室门上映着灯光，正想去察看，忽然有个人，一声不响，一把揪住我的后衣领。我甩掉他，他又扑过来。——虽不知他是什么人，但力大勇蛮，绝不是一般人。我们扭打了两三回合，茶室门突然开了，掌着灯走到院里来的，正是我父亲弥三右卫门。我拼命挣脱给抓住的胸口，跳过墙头逃走了。

我跑了十六七丈远，躲在人家的屋檐下，向街上来回张望了一下。虽在黑夜，白雪纷飞，如烟似雾，不见有任何动静。那人大概死了心，没追过来。可是，他是谁呢？仓促之间，只见一身行脚僧打扮。但方才，他力气蛮大——尤其精通拳脚，可见绝非等闲之辈。首先，在这样一个大雪之夜，一个和尚跑到我家院子里——岂不是件怪事吗？我想了一想，即便冒险，也决意再次溜到茶室外面看个究竟。

约莫过了一个时辰，雪正巧停了，那个奇怪的行脚僧沿着小川通走了。他就是阿妈港甚内。武士、连歌师、行商、云游和尚——曾扮成各色人物，是京师有名的大盗。我偷偷盯着他的梢。当时，心里有说不出的高兴，从没这么高兴过。阿妈港甚内！阿妈港甚内！我连梦里都崇拜他。偷杀生关白大刀的，是甚内；骗取暹罗店珊瑚树的，也是甚内；刀砍备前宰相沉香木，抢走洋人船长贝莱拉怀表，一夜之间连盗五个仓库，砍死八个三河武士——此外，还干了许多恶名传千古的坏事的，全是这个阿妈港甚内。这样一个甚内，此刻就在我前面，斜戴着竹笠，走在微明的雪地上——仅仅瞧着他的身影，就是种福分。可我还想要更大的福分。

到了净严寺后面，我一口气追上甚内。这一带是一溜土墙，没有人家，即使在白天，要想避人耳目，也是最佳之地。甚内见到我，并没显得多惊讶，平静地停下来，挂着禅杖，一言不发，似在等我开口。我战战兢兢地跪伏在甚内面前，可是一见他沉静的面孔，竟讷讷地出不了声。

"请原谅我的冒失。我就是北条屋弥三右卫门的儿子，叫弥三郎……"

我难为情得满脸发红，好不容易才开了口。

"有事想求您，才跟在后面……"

甚内只是点了点头。对我这个小器易盈的人来说，这就足以让我感激不尽了。我仍旧跪在雪地上，鼓起勇气，对他说：我被父亲赶出家门，现在跟一帮无赖混在一起，今晚想回家偷点东西，不料得遇大驾，一句不落地偷听到您和父亲的谈话。我简要地把这些事说了一遍，但是甚内照旧闭着嘴一言不发，冷冷地看着我。我说完，两腿往前蹭了蹭，偷偷瞧着他的脸色。

"北条屋全家受您大恩，我也是其中一个。大恩不忘，我决心拜在门下，听您使唤。我能偷东西，也会放火。别的坏事，我也都行，不比人差……"

甚内还是不作声。我很兴奋，越说越来劲。

"有事您尽管吩咐，我一定好好干。京城、伏见、堺市、大阪……这些地方没有我不熟悉的。我一天能走一百二十里，一手可举四斗重的草包，人也杀过两三个。我听您使唤，叫我干什么就干什么。说去偷伏见城的白孔雀，我就去偷。要我到圣弗朗西斯科教堂的钟楼上放火，我就去放。叫我拐右大臣家的千金，我马上拐来。想要奉行官的脑袋……"

我还没说完，一脚给踢倒在雪地上。

"混账！"

甚内一声詈骂，抬脚要走。我发疯似的抓住他的僧袍。

"求您收下我吧。不管怎样我都不会离开您，我可以为您火里来水里去。《伊索寓言》里的狮子王不是还救了区区一只老鼠么？我就当那只老鼠，我……"

"住口！我甚内不受你这号人的报答。"

甚内一把推开，我又倒在雪地上。

"你这个败家子！去孝顺孝顺你爹娘吧！"

我再次被踢倒，忽然心里感到窝火。

"那就走着瞧！此恩非报不可！"

甚内头也不回，急匆匆地在雪地上走掉了。不知什么工夫，月亮出来了。月光下，他的竹笠若隐若现……从那以后，两年来，我再没见到甚内。(蓦地一笑)"我甚内不受你这号人的报答!"他是这么说的。可是等天亮,我就要替他掉脑袋了。

啊,圣母玛利亚!两年里,为了报答甚内,我心里不知有多苦。为了报恩?——不,其实也是为了雪恨。可是,甚内他在哪儿呢?在干什么?——有谁知道么?首先,就连他是个什么样的人都没人知道。我见到的那个假和尚,是个四十来岁的小个子。但是,不是有人说,出现在柳町妓馆里的,是个年纪不到三十,红脸膛上留着胡子的浪人[1]么?大闹歌舞伎院时,却是个弯腰驼背的红毛番;而劫掠妙国寺财宝的,竟变成梳前刘海的年轻武士——倘若这些人全是甚内,那么,要想弄清他的真面目,终非人力所及。后来,到了去年年底,我得了吐血的病。

我真想出这口气呀——我一天天瘦下去,一心琢磨这件事。有天晚上,我忽然想出一条妙计。

---

1 江户时代,失去主公和封禄、四处流浪的武士,称为浪人。

圣母玛利亚！圣母玛利亚！是您赐予我智慧，开示我这条妙计的。我只要舍弃这个身子，舍弃这个因吐血病成皮包骨的身子——只要我肯豁出去，就能夙愿以偿。那天晚上，我高兴得一个人大笑，一直重复这句话："我替甚内去掉这颗脑袋！我替甚内去掉这颗脑袋！"

　　替甚内掉脑袋——真是妙极了！这一来，甚内的罪恶就会随我一起烟消云散了。——在广阔的日本，不论到什么地方，他都能趾高气扬、畅行无阻了。相反（又一笑）——相反，我在一夜之内，变成了旷世少有的大盗。在吕宋助左卫门的手下当差，砍备前宰相的沉香木，做利休居士[1]的朋友，骗暹罗店的珊瑚树，破伏见城的金库，砍倒八个三河武士——甚内的一切荣名，全归我所有了。（第三次笑）我既帮助了甚内，又断送了他的大名。我给全家报了大恩，也给自己雪了恨。——一报还一报，无比痛快。那晚，我当然

1　千利休（1522—1591），本名千宗易，日本茶道的集大成者，因触怒丰臣秀吉，被迫自刎。

高兴得直笑。即便这会儿——哪怕在牢里，也没法不笑不是？

想出这条妙计之后，我便进大内去偷盗。傍晚天黑，月亮还未升起，唯有帘内的灯光明灭，照得松林中的花影一片朦胧——记得当时好像看见这些景物。我从长廊顶上跳到没人的宫院里，当下就有四五个护院的武士把我逮个正着，这倒正中下怀。这时，一个大胡子武士把我按在地上，一边用绳子使劲儿捆，一边气咻咻地说："这回可把甚内给逮住了。"不错，除了阿妈港甚内，有谁敢溜进大内来呢？听了这话，我一边拼命挣扎，一边却忍不住笑了起来。

他说过："我甚内不受你这号人的恩惠。"——等到天一亮，我就要替他去死了。真是绝妙的讽刺呀！我的头给挂出去示众时，我只盼着他来。面对我的脑袋，甚内准能听见无声的大笑："怎么样？我弥三郎报的大恩？"——笑声里他将会听到："你已经不是甚内啦。这脑袋才是阿妈港甚内，那个天下闻名、日本第一的大盗！"（笑）啊，我好痛快呀！这样痛快的事，一生中唯有一次而已。可是，要是父亲弥三右卫门见了我的头——（痛苦）原谅我，爸爸！我得了吐血的绝症，即便不被杀头，也活不过三年了。饶恕我这不孝之子吧！虽说我是个败家子，好歹也算替全家报了大恩……

大正十一年（1922）三月

（艾莲　译）

即使在这粟散边土之中，

和我承受同等苦难的人

也远远多于恒河沙数。